D1077384

KISSING BOOTH II

BETH REEKLES

KISSING BOOTH II

Going the Distance

Traduit de l'anglais (Royaume-Uni)
par Brigitte Hébert

hachette
ROMANS

Traduit de l'anglais (Royaume-Uni) par Brigitte Hébert

Couverture : © Penguin Random House Children's UK.

L'édition originale dé cet ouvrage a paru en langue anglaise
chez Penguin Random House UK sous le même titre.

Pour Gransha,

qui, depuis le tout début,

est ma plus grande fan

Chers lecteurs,

Voici enfin *Kissing Booth II* que je suis trop contente de vous offrir. Je sais que certains s'impatientaient, mais je vous assure que ça m'a donné beaucoup de boulot pour l'écrire.

Vous connaissez peut-être Ella, Lee et Noah depuis leur première apparition en 2011 sur Wattpad, ou depuis 2018, grâce à l'adaptation Netflix. Il y aura bientôt un deuxième film sur Netflix, c'est génial, non ? Il est basé sur mon roman, mais ne vous étonnez pas si vous constatez quelques différences avec le livre. C'est normal, le scénario tient compte du premier film qui s'écartait lui-même un peu du tome 1.

J'adore le scénario du deuxième film, je trouve même que les écarts avec mon livre sont positifs. C'est ce qu'on appelle une adaptation, mais le scénario reste fidèle à mes personnages et à leur caractère, aux défis qu'ils surmontent, aux succès, aux conflits ou aux problèmes relationnels qu'ils rencontrent. Vous le découvrirez déjà dans ce livre. J'ai hâte de voir la version finale du film, et j'espère que vous aimerez mon livre et le film, autant que je les aime déjà.

Bises à tous,

Beth.

CHAPITRE 1

— C'est parti, baby ! lance Lee.

Je claque la portière, j'avance d'un pas, je ferme les yeux, j'inspire profondément. La lumière du soleil danse derrière mes paupières closes. Un parfum d'herbe fraîchement tondue flotte dans l'air, j'entends le brouhaha des élèves qui se retrouvent après l'été. Je les entends râler parce que c'est le premier jour de classe, mais je suis sûre qu'ils adorent.

C'est la rentrée des terminales. Je rouvre les yeux. Lee me sourit. Il affiche une belle humeur pour un lundi matin ! Moi aussi.

— Oui, c'est parti, je répète.

Le premier jour de la dernière année de lycée est forcément une étape dans la vie, non ? Certains disent que les années d'université sont meilleures, plus sympas, plus libres. Peut-être. En attendant, Lee et moi sommes convaincus qu'il faut profiter à fond de celle-ci, la dernière avant le plongeon dans la vie adulte.

— Je n'arrive pas à croire qu'on entre en terminale. Notre dernière rentrée au lycée. L'année prochaine, on sera en…

— Tais-toi, coupe-t-il, ma mère m'a encore fait un sermon sur l'université, les responsabilités, les choix et patati, et patata.

— Normal, bouffon, tu grandis !

J'ai l'air d'assurer, mais je gamberge autant que Lee. Pendant les vacances, j'ai essayé d'avancer sur mes dossiers d'inscription qui sont loin d'être terminés… Et je ne veux surtout pas penser à l'éventualité que Lee et moi atterrissions dans des universités différentes. On est ensemble depuis la naissance, comment ferais-je sans lui ?

— Pas de sermon, Shella, j'ai eu ma dose ! dit-il en bourrant mon épaule de coups de poing.

— Stop ! J'ai pigé !

— Au fait, tu es au courant ? Cam a un nouveau voisin.

Cam, notre pote depuis l'école primaire, a raconté sur les réseaux sociaux qu'un garçon de notre âge avait emménagé en face de chez lui. Ses parents l'ont poussé (ou, plutôt, l'ont obligé) à prendre ce nouveau venu sous son aile.

— Il est de Detroit, il s'appelle Levi, reprend cette pipelette de Lee. Je ne sais rien d'autre. J'espère juste que ce n'est pas un connard coincé, vu qu'on va devoir s'occuper de lui.

Mon téléphone vibre, je regarde l'écran, je frissonne rien qu'au nom qui s'affiche, puis j'adresse un sourire d'excuse à Lee, qui lève les yeux au ciel.

— Ce n'est pas le moment, Shella, grogne-t-il.

Je décroche quand même.

— Salut, Noah !

C'est un peu à cause de Noah que mes dossiers universitaires n'ont pas avancé d'un pouce : on ne s'est pas quittés de l'été, on a profité de chaque instant avant son départ pour Harvard, à l'autre bout du pays. Noah y est maintenant depuis deux semaines. Il me manque terriblement. Je ne le reverrai pas avant Thanksgiving.

— Hello, Shella, comment vas-tu ?

— Bien. On vient juste d'arriver au lycée. Et toi, du nouveau ?

— Pas depuis hier soir ! J'ai eu deux heures de maths ce matin, c'était trop cool. Équations différentielles du second degré.

— Euh ! Je ne sais même pas de quoi tu parles !

Noah éclate de rire. Mon cœur palpite, mes genoux flageolent, des papillons s'agitent soudain dans mon estomac. Tout ce qui concerne Noah me fait fondre comme un marshmallow. Je suis une caricature de midinette amoureuse, et ça me plaît ! Son rire me manque, ses étreintes me manquent, ses lèvres sur les miennes me manquent.

On échange dès qu'on peut par messages, Snapchat, Skype, appels téléphoniques traditionnels… mais ce n'est pas pareil, et je n'ose pas ouvrir les digues pour lui montrer combien il me manque. J'ai peur d'avoir l'air gnangnan. Cette relation à distance me fait peur.

— Espèce de polar ! je plaisante.

Je n'ai jamais pensé que Noah en était un. Il est très intelligent (sa mère m'a montré son score de fin d'année, j'étais impressionnée), il a toujours été en tête de classe malgré sa réputation de bad boy. Mais je ne pensais pas qu'il aimait les maths à ce point-là.

— Arrête, on pourrait t'entendre ! Je voulais te souhaiter une bonne rentrée. Je pense à toi, Shella.

— Merci.

— Ça fait quel effet d'être une grande ?!

— Je suis à la fois morte de trouille et surexcitée comme une puce ! Il faut surtout que j'arrête de stresser pour le choix des universités.

— Je comprends.

— J'ai l'impression qu'on m'oblige à grandir d'un coup, à devenir adulte. Je ne suis pas prête. Quand il y a une araignée dans ma chambre, j'appelle mon frère !

— Pareil pour moi : j'ai été obligé de demander comment les lave-linge fonctionnaient au Lavomatic. La honte !

— Tu n'as jamais lancé de machine toi-même ?

— Tu sais bien que ma mère est spéciale avec le linge !

C'est vrai, June est une maniaque. Cet été, à la maison du bord de mer, elle reprenait tout derrière nous, le tri, le dosage de la lessive, l'étendage, le pliage. Tout.

— Les quatre nounours sur ton lit ne t'aident pas à grandir ! ajoute Noah.

— Je parie que des nanas de Harvard en ont aussi sur leurs lits, je réponds du tac au tac.

— Oui, mais pas quatre !

— Hé, ho, on se calme, le mec qui porte des caleçons Superman !

Noah s'apprête à répliquer mais il est interrompu par des coups frappés à une porte. Il soupire.

— Merde, Steve a besoin de la salle de bains. Je m'y étais enfermé pour t'appeler tranquille.

« Flynn, dégage ! Je veux pisser ! »

— De toute façon, je dois rejoindre Lee. Cam va nous présenter son nouveau voisin.

— Ah oui, le mec de Detroit. OK, ma belle. Souhaite quand même bonne chance au frangin de ma part. Ce gros naze ne répond jamais.

« Flynn ! Tu te fous de ma gueule ! » hurle la voix de Steve.

— Bonne rentrée, Shella !

— Merci. Je t'aime.

— Moi aussi.

Ni l'un ni l'autre ne veut raccrocher en premier. J'écoute encore la respiration de Noah, puis j'éloigne le téléphone quand j'entends le déclic.

— Ella ! Viens !

Dixon m'appelle. Il est avec Lee et Warren. Je me faufile entre les voitures pour les rejoindre. La portière d'une Toyota verte s'ouvre au moment où je passe devant, ce qui m'envoie valser contre une Ford garée juste à gauche. Zut, ça va encore être la honte si l'alarme se déclenche… non, finalement elle reste silencieuse. *Ouf.*

— Bon Dieu, pardon ! Je suis désolé ! Je n'avais pas vu que…

— Pas de souci, c'est ma faute !

Je ne connais pas ce garçon. Un grand, longiligne, les cheveux bouclés, les yeux cachés derrière des lunettes noires. Il les retire. Ses prunelles sont vertes, amicales. Il est plutôt mignon.

— Tu t'es fait mal ? reprend-il. Je suis vraiment désolé.

— Je t'assure que tout va très bien, dis-je en mentant un peu, parce que ma hanche m'élance.

Cam sort de la Toyota, son éternel sac bleu en bandoulière.

— Sacrée Ella, toujours aussi empotée ! s'exclame-t-il, faussement naturel. Je te présente Levi, mon voisin.

Levi me sourit. Il a un sourire de publicité pour dents ultra blanches.

— Enchantée, Levi. Tu verras que je ne suis pas toujours si maladroite.

— C'est la reine des empotées, crois-moi ! s'esclaffe Cam.

Qu'est-ce qui lui prend ce matin ? C'est son voisin qui le stresse ?

J'entraîne Cam et Levi vers le groupe de potes qui m'attend toujours. Une fois les présentations faites, Levi pose des questions sur les sports pratiqués. J'apprends qu'il appartenait à l'équipe de la crosse dans son ancien lycée. J'en profite pour interroger Cam.

— Qu'est-ce que tu as ce matin ? Tu ne l'aimes pas ?

— Je n'aime pas être obligé de m'occuper de lui. Ça me stresse.

— Je le trouve plutôt sympa.

— Il conduit comme un taré ! Et ma caisse est toujours chez le garagiste, je suis obligé de venir avec lui.

— C'est vrai que t'es le champion des lampadaires !

Cam éclate de rire et se détend enfin. Lee me donne un coup de coude pour que je remarque Levi, en pleine discussion foot avec Warren.

Le nouveau s'intègre. Tout ira bien.

L'année de terminale peut commencer !

CHAPITRE 2

Maintenant que je suis de retour au lycée, je me souviens pourquoi le premier jour de cours est un cauchemar : les fayots foncent s'installer pour réserver des places, les nouveaux de secondes sont complètement paumés et bloquent les couloirs en cherchant leurs salles. Ça court, ça crie, ça se bouscule, mais c'est tout de même bizarre de ne pas voir pointer la tête de Noah.

J'agrippe Lee pour ne pas le perdre dans cette basse-cour surpeuplée. On finit par bifurquer à gauche, l'itinéraire se fait moins vite aujourd'hui avec ce foutoir.

Notre premier cours est celui de M. Shane, professeur de littérature (et prof principal de notre classe). Il a accroché sur les murs de sa salle les couvertures des livres au programme. Steinbeck, Shakespeare, Shelley, Scott Fitzgerald.

J'aime bien M. Shane, il est jeune, relax, pas encore blasé par son métier. Il nous accueille avec un grand sourire.

Rachel est déjà installée au quatrième rang. Lee se précipite pour s'asseoir près d'elle, je me mets à côté de Lisa, au troisième rang. Elle fait partie de notre groupe depuis qu'elle sort avec Cam. Ça fait déjà quelques mois maintenant.

— Salut, Lisa.

— Salut, Ella. Alors, tu as rencontré le nouveau ? J'étais chez Cam quand il a emménagé. Tu as vu ses cils ? Et ses cheveux bouclés ? Qu'est-ce que je donnerais pour avoir les mêmes !

— Oui. Je le trouve sympa.

On bavarde quelques minutes, le temps que les derniers élèves arrivent. Lee a rapproché sa chaise pour être tout près de Rachel. Il la regarde avec des yeux de cocker amoureux, le reste du monde (moi) n'existe plus. Je ne suis pas encore habituée. Et maintenant que Noah n'est plus là, cela me saute encore plus à la figure.

M. Shane s'éclaircit la voix et commence son petit discours de rentrée : il espère qu'on a passé un bel été, qu'on est en forme pour

cette dernière année d'une « importance capitale », qu'il faut « travailler d'arrache-pied »…
Ses recommandations sont interrompues par trois coups frappés à la porte. La secrétaire du proviseur entre dans la classe.

— Bonjour, monsieur Shane, je vous amène un nouvel élève, Levi Monroe. Il est en retard à cause de moi, j'avais des papiers à lui faire signer.

Levi a l'air gêné, mais il reste souriant. Ses lunettes de soleil sont toujours juchées sur le haut de son crâne, comme un serre-tête retenant ses longs cheveux bouclés. Je remarque qu'il a le menton pointu et l'allure encore plus girafe que tout à l'heure. Des filles assises au fond de la classe commencent à échanger des messes basses.

— Bienvenue, Levi. Assieds-toi, il reste des places vides.

Levi nous repère, Lee et moi, et fonce s'installer juste devant nous au deuxième rang. Malheureusement, il trébuche sur un sac, essaye de retrouver son équilibre en faisant de grands moulinets avec ses bras, se cogne, et s'étale de tout son long. Lee pouffe de rire. J'aide Levi à se relever.

— Tu as de la concurrence pour le prix du meilleur empoté, plaisante Lee.

— Salut ! murmure Levi dès que le prof a le dos tourné. Bella, c'est ça ?

— Ella. Lui, c'est…

— Lee, oui, je m'en souviens. Et toi, c'est Lisa, n'est-ce pas ?

— Gagné.

M. Shane fronce les sourcils en nous fixant, on redevient attentifs. Il présente le programme de l'année, puis nous distribue la liste des ouvrages à lire, et enfin notre emploi du temps. Les bavardages reprennent. J'ai pitié de Levi à qui personne ne parle.

— Ça va ? Tu es content de ton emploi du temps ? Pas facile d'être nouveau en terminale.

— Oui, tout le monde se connaît, je ne veux pas être un boulet. Ne te sens pas obligée de t'occuper de moi si tu…

— On a cours ensemble, c'est normal ! Sauf si tu es un meurtrier en cavale recherché par la police de Detroit !

Levi éclate de rire, la glace est brisée.

La sonnerie retentit. Fin du premier cours.

— Allez viens, le nouveau, je t'emmène en algèbre.

Levi attrape son sac pour me suivre dans le couloir, un sourire jusqu'aux oreilles.

La matinée file à toute vitesse. À midi, j'ai déjà la tête comme une citrouille, les fesses en compote, et mes doigts sont raides comme des piquets parce que j'ai perdu l'habitude de tenir un stylo pendant l'été.

Je rejoins le réfectoire, Lee est déjà dans la queue. Une fois nos plateaux chargés, on choisit une table de terminales (que la promo précédente occupait). C'est notre tour pour un an maintenant !

Cam, Dixon, Warren, Oliver et Levi s'installent quelques minutes plus tard, Lisa et Rachel s'intercalent aussi, puis encore deux filles à l'extrémité. Un ange passe. Tous les regards sont braqués sur Levi. Je me jette à l'eau et décide de lui poser la première question.

— Tu es content d'être venu en Californie ? Il fait plus chaud qu'à Detroit, tu aimes ?

— Les filles sont moins couvertes, oui ! glousse-t-il.

J'échange un regard avec Lee. Le nouveau me drague ou quoi ?

— Euh, je plaisantais, ajoute Levi, embarrassé.

— Pourquoi tu as emménagé ici ? demande Warren.

— Mon père est dentiste, ma mère, comptable. Ils ont tous les deux perdu leur boulot dans la clinique qui les employait. On a décidé de venir ici pour redémarrer. Ma mère a retrouvé un emploi… et voilà.

— Tu es fils unique ? demande Rachel.

— Non, j'ai une sœur.

— Ah, intéressant ! s'exclame Warren. Elle est célibataire ?

— À huit ans, c'est mieux ! répond Levi.

Hilarité générale, Warren maugrée entre ses dents. Ça lui apprendra !

— Au fait, comment va le frangin à Harvard ? lance Dixon à Lee.

— La grande forme, je réponds à sa place. Il fait des maths quand tu dors encore !

— Lee, tu as un frère à Harvard ? demande Levi.

— Noah, oui. Il était ici l'an dernier. C'est le copain d'Ella, ici présente.

— Ah ? Oh ! Je croyais que vous deux… vous étiez… euh…

— Non. On est jumeaux, mais pas du même sang ! On est nés le même jour, on a grandi ensemble, on se connaît depuis toujours.

— Mais Ella sort avec son frère ! ajoute Cam. Par ailleurs, quand elle est bourrée, elle adore danser sur les tables et faire du strip-tease !

— Cam, ça suffit ! je gronde.

— Du calme, Shella, tu as fait bien pire ! ajoute ce traître de Lee.

— Shella ? s'étonne Levi.

— Le raccourci de Rochelle. Laisse tomber.

— Appelle-la Shella, tu verras comme elle adore ! dit Warren.

— Ne m'appelle jamais Shella si tu veux qu'on soit potes.

Levi lance des regards affolés en direction de Lee, qui pouffe de rire.

— Je te préviens, Lee, si tu oses, je ressors les vieux albums photos du grenier pour les montrer à Rachel. Tu te souviens de ton déguisement d'Elvis Presley ? Et de la danse en tutus roses ?

Lee s'étrangle avec la frite qu'il mange, ce qui le calme aussitôt. Dixon, le pacificateur de notre bande, change de sujet et nous apprend

que c'est chez Jon Fletcher qu'aura lieu la première soirée. Levi reste en dehors de la conversation. Je me demande s'il aime sortir. À la fin
du repas, quand on reprend nos plateaux, il
s'approche de moi et me remercie.

— Merci pour quoi ?

— De t'être occupée de moi ce matin.

— La journée n'est pas finie, je pourrais te
laisser tomber !

— Ça n'a pas l'air d'être ton genre, Ella.

Je le trouve sympa. Levi n'est ni arrogant
ni grande gueule. Il est normal et a juste envie
de s'intégrer rapidement. Lee traîne en arrière
avec Rachel en roucoulant comme un pigeon.
Je suis un peu jalouse parce que Noah n'est
pas là. Il me manque, je me sens seule… L'année
va être dure sans lui. M'occuper du nouveau
me changera peut-être les idées, qui sait ?

CHAPITRE 3

Premier entraînement de foot pour la sélection officielle. Lee est prêt, rembourré comme un bibendum, le visage protégé derrière son casque. Mon ami a toujours aimé le foot, mais préférait ne pas jouer dans l'équipe du lycée tant que Noah en faisait partie. Je le comprends.

— Que des armoires à glace, je murmure, inquiète pour lui, qui n'est pourtant pas lilliputien.

— T'inquiète. Je suis rapide, je sais lancer un ballon. Tu verras…

Noah, capitaine de l'équipe l'an passé, a toujours été très fort au football américain, à la position de quarterback. C'est lui qui a entraîné son frère durant l'été en prévision de la rentrée. Lee prenait ces séances très au sérieux et s'appliquait. Aujourd'hui, il rêve de porter les couleurs du lycée.

Le coach siffle le début de la séance. Lee part en courant. Je m'installe dans les gradins pour l'encourager, car Rachel n'est pas présente : les auditions du club de théâtre tombaient au même moment.

Ça commence. Lee est rapide, se faufile aisément dans la mêlée, fait des passes précises. *Oui, c'est bien ! Encore, Lee !* L'entraîneur accélère le rythme, Lee s'accroche. *Aïe,* un tacle, il perd le ballon, s'étale de tout son long, mais se relève presque aussitôt ! *Yeah !* Noah serait fier de lui ! Lee n'est pas aussi fort, mais il assure.

Coup de sifflet final. Au lieu de se diriger vers les vestiaires, mon ami prend la direction des gradins. Je descends à sa rencontre, mais le coach est plus rapide que moi. Il le rattrape et lui tape sur l'épaule.

— Pas mal, Flynn junior, tu fais honneur à ton nom !

— Oh, merci ! Je suis pris dans l'équipe ?

— J'afficherai la liste demain matin… c'est bien parti pour toi. Ton frère t'a montré des passes ?

— Oui, monsieur. On a joué ensemble cet été.

— Joli travail. Va aux vestiaires maintenant, tu retrouveras ta petite amie plus tard.

— Ah, mais ce n'est pas ma...

M. Pearson a déjà fait demi-tour. J'ai tout entendu.

— Bravo, Lee ! T'as réussi ! Je suis fière de toi !

— Attends. Il faut que je sois aussi fort que Noah. Ce n'est pas gagné, murmure Lee.

— Déstresse, Pearson caricature. Tu es aussi fort que Noah... mais tu pues, va prendre une douche !

— Bah quoi, tu n'aimes pas l'odeur virile du mâle ? plaisante Lee en me collant son aisselle sous le nez.

Je le repousse à deux mains jusqu'à l'entrée des vestiaires, puis m'assois sur un banc pour l'attendre. Comme j'ai cinq minutes devant moi, je décide d'appeler Noah pour lui annoncer la bonne nouvelle. Ça sonne. *Zut*, juste au moment où il décroche, je me dis que Lee aurait peut-être aimé le lui dire lui-même.

— Deux secondes, Ella ! hurle Noah.

Il y a un boucan du diable en fond sonore. Je vois des têtes, un peu floues, j'entends des « pardon, pardon » puis tout est calme.

— Voilà. Je suis à toi, dit-il, avec un sourire qui creuse sa fossette gauche.

— Tu es où ?

— À la bibli, tu n'as pas deviné ! Non, à une fête. On a commencé tôt. Quoi de neuf ? Tu avais un truc à me dire ou je te manquais trop ?

— Euh, oui… non. Je voulais savoir comment s'étaient passés ta journée, les cours, tout ça. Je pensais que tu serais en train de bosser.

— Steve nous a invités. Ce mec connaît tout le monde, je ne sais pas comment il fait.

— Sympa d'avoir plein de soirées. Et tes cours d'aujourd'hui, tu as aimé ?

Côté fiesta, Noah est servi, il n'a pas arrêté depuis son arrivée sur le campus. Je ne sais pas quand il dort et je préférerais qu'il me parle davantage de ses études. C'est quand même pour ça qu'il est parti à quatre mille kilomètres de chez nous, merde.

— Bah, c'était une journée normale, quoi. Ça roule… Juste quand tu as appelé, il y avait un mec qui…

— Noah, tu ne devais pas avoir une note de maths aujourd'hui ?

— Oui, mais non. Le prof n'a pas terminé de corriger. Donc, le mec était en train de…

Quelqu'un l'appelle, Noah obstrue l'émetteur pour lui répondre, je n'entends que des sons étouffés.

— Ella, je peux te rappeler plus tard ? Désolé, je voulais vraiment te raconter un truc, mais là je…

Désolé ? On dirait plutôt qu'il fait tout pour éviter de me parler.

Bref. Mettons ça sur le compte de l'attrait de la vie sur le campus et du bizutage de début d'année. La première semaine, Noah se passionnait pour ses cours, son enthousiasme est peut-être retombé d'un cran.

— Pas de problème, Noah. Amuse-toi bien. On parlera demain.

— Merci ! Je t'aime, Ella… Au fait ! Lee m'a envoyé un texto, il a cartonné à l'entraînement, le frangin !

— On croise les doigts jusqu'à demain !

Noah m'envoie un baiser sonore juste avant de raccrocher, puis une ligne de petits cœurs multicolores par texto. J'oublie le début étrange de notre conversation.

Comme Lee n'a toujours pas réapparu, j'écris à mon père, qui est fan de foot.

Je crois que c'est bon pour Lee !

C'est mérité. Il a bossé dur avec Noah. Félicite-le de ma part.

Lee arrive enfin, les cheveux dégoulinants, le portable en main.

— Rachel vient de finir, me crie-t-il. Ce sera bien *Les Misérables*, la comédie musicale.

— Ça lui plaît ?

— Oui. Elle pense avoir le rôle de Fantine, la partie d'Anne Hathaway qu'elle a le mieux répétée cet été.

On repart bras dessus bras dessous vers le parking, Lee me ramène dans sa Mustang.

— Quel super début d'année !

— C'est notre année, Ella ! Notre année !

CHAPITRE 4

— Lâcheur. Tu savais parfaitement que je dois garder Brad ce soir parce que mon père a une conférence. Et tu avais promis !

J'entends le soupir de Lee à l'autre bout de la ligne.

— Je suis nul mais je suis désolé, Shella.

OK, je fais ma diva, mais voilà un bail qu'on n'avait pas eu une soirée rien que pour nous deux. Entre Rachel, le club de foot et le travail scolaire, il ne lui reste pas une seconde à me consacrer. J'essaye de me calmer, je peux comprendre qu'il soit fou amoureux, mais merde : et moi ? C'est ultra égocentrique de penser ça, n'empêche que c'est vrai, je n'existe plus pour Lee.

Avant Rachel, Lee ne m'avait jamais abandonnée.

Il doit se sentir mal parce qu'il reste silencieux. J'enfonce le clou :

— Tu me manques, Lee, dis-je d'une voix plus pathétique que je ne le voulais.

Tu me manques. Je le vois tous les jours au lycée, mais bon, je me comprends.

— On ne fait plus jamais rien ensemble, j'ajoute.

— Je sais, Shella, je suis désolé.

— Tu ne peux pas venir un tout petit peu ?

— Non… mais promis juré, je t'accompagne choisir tes chaussures demain. Et je t'offre le déjeuner.

— Bof.

— Et je te trouve un co-baby-sitter.

— Le dessert aussi ?

— La boisson ou le dessert, tu choisis, pas les deux.

— Entrée, plat, dessert et boisson, sinon je raccroche.

Lee éclate de rire.

— Tu me ruines ! Sans rire, Shella, je suis désolé, c'est juste que…

— C'est bon, j'ai compris. Amuse-toi bien.

— Merci. À demain sans faute.

On raccroche. Je m'écroule sur mon lit, épuisée d'avance par ce qui m'attend. Brad, ma tornade de petit frère, reviendra d'ici vingt minutes de son entraînement de foot… *Zen, Ella !*

Une portière claque. J'ai dû m'endormir. La voisine vient de déposer Brad devant chez nous. Je l'entends qui court dans l'allée, je descends en vitesse avant qu'il ouvre la porte d'un coup de pied.

— J'ai marqué un but ! hurle-t-il.

— Bravo, champion. Enlève tes chaussures et va prendre ta douche.

— Quoi ? Mais, je…

— C'est moi le chef. À la douche, crassouille !

Il part en râlant, semant aussi son short et son maillot boueux en chemin. *Merci, Brad.* On sonne à la porte. Ah, c'est probablement Cam ou Dixon, envoyé par Lee pour me soutenir. J'ouvre sans regarder car je bute au même moment sur une chaussure de Brad. *Mer-de !*

— Toi ?

— Euh… Salut, Ella, je te dérange ? me demande Levi.

— Pardon. Non, pas du tout. Je ne m'attendais pas à…

— Il paraît que tu cherches de la compagnie pour la soirée. Lee vient de m'appeler, alors me voilà. Je t'ai envoyé un texto, tu ne l'as pas lu ?

— Non. Mon téléphone était sur silencieux... Entre.

Levi s'est bien intégré à notre groupe, son stress des premiers jours a disparu. Il partage de nombreux points communs avec nous, son humour et sa bonne humeur sont appréciés. Il a beaucoup de charisme et pourrait même devenir populaire. Son profil Facebook n'est pas très alimenté, du coup les filles se racontent une tonne d'histoires sur lui.

Quand Lee et Cam ont cours ailleurs, je m'assois près de lui pour qu'il ne soit pas seul. Mais je suis surprise que Lee ait pensé à lui pour ce soir.

Quand je reviens de la buanderie, je le trouve sur le canapé, la télécommande en main.

— Tu veux boire un truc ?

— Si tu as du Coca, je veux bien.

— Tu aimes les raviolis ? On en mange ce soir.

— J'adore.

Brad débarque en pyjama dans le salon, les yeux écarquillés parce qu'un inconnu est installé chez nous.

— Salut ! Tu dois être Brad, c'est ça ? lui demande Levi.

— Ouais. Mais toi, t'es pas Lee.

— Brad ! je m'exclame.

— Non, je m'appelle Levi !

— Le nouveau ?

Je rougis. *Merci encore, Brad.*

— J-j'ai dû parler de t-toi, une fois ou deux, je bafouille en guise d'explication.

— Et Lee, il est où ? se plaint Brad.

— Avec Rachel, il n'était plus libre.

— Et Cam ? Et Warren ? Je l'aime bien, lui, il m'apprend des gros mots dans toutes les langues !

— Brad ! je gronde encore.

— Ils sont sûrement occupés, dit tranquillement Levi.

Du coup, je me demande si Lee l'a appelé en premier.

Brad s'installe sur le canapé et attrape la télécommande pour changer de chaîne.

— Tu m'avais dit que je pourrais jouer au jeu vidéo, dit-il.

— On venait de commencer un film, je réponds, agacée par son comportement.

— T'es qu'une menteuse, Rochelle, t'avais promis !

— C'est quoi comme jeu ? intervient Levi.

Le visage de Brad s'illumine : il a peut-être trouvé un nouvel adversaire à battre. Mon frère est très fort, il a beaucoup (trop) d'entraînement. Brad commence à lui énumérer ses jeux, pour finir par le préféré des préférés :

— *Zelda* !

— Si ta sœur est d'accord, je veux bien jouer avec toi, propose Levi.

— Tu n'es pas obligé, je lui glisse à l'oreille.

— T'inquiète, c'est mille fois mieux qu'une soirée vernis à ongles avec ma sœur ! répond Levi.

— Ella, s'il te plaît ! insiste Brad.

Oh ! Si mon petit frère fait un effort de politesse, c'est que Levi lui paraît sympa. J'ai peut-être trouvé le co-baby-sitter idéal en l'absence de Lee.

Je profite de la première partie pour terminer mon devoir d'histoire. Après ça, j'ouvre un document Word intitulé « Lettre de motivation pour l'université ». La page est blanche. Je la fixe plusieurs secondes, incapable de penser à quoi que ce soit ni d'aligner trois mots. Au lycée, on ne parle que de ça. Moi j'y pense tout le temps. Je suis sûre de vouloir faire des études supérieures, mais je n'ai aucune idée de la filière à choisir. Une seule chose est certaine : Lee et moi avons décidé depuis toujours que ce serait à UC Berkeley et ensemble. Tous les autres ont l'air de savoir ce qu'ils veulent faire, ce qui ne m'aide pas à gérer mon stress. Je me dis que si je finis par pondre cette foutue lettre de motivation, le reste suivra : je trouverai et tout ira bien. Normalement.

J'écoute d'une oreille les plaisanteries de Levi qui font rire mon frère. Mon niveau de concentration est égal à zéro. Je referme l'ordi. Levi tourne la tête et me regarde. Il sourit. Il a du charme, mais rien à voir avec Noah. Le sourire de Levi est moins craquant, moins communicatif. Pourtant, ce mec plaît aux filles, je les ai entendues en parler.

On dîne vingt minutes plus tard. Brad et Levi discutent foot et la crosse. Brad en oublie de se plaindre des brocolis ; il les avale sans broncher. Après le repas, la dispute habituelle sur son heure de coucher ne dure pas plus de dix minutes. Un record. Levi m'aide astucieusement :

— Tu seras plus en forme que les autres, tu marqueras tous les buts !

— OK, OK.

— N'oublie pas de te brosser les dents, Brad !

Voilà, fin de ma mission.

— Merci, Levi, tu étais top du début jusqu'à la fin.

— De rien. Je te jure que, comparé à ma frangine, ton frère est un ange ! On devrait échanger !

— Ah, ah ! J'en parlerai à mon père ! Brad n'écoute que Noah et Lee, ils sont sur un piédestal.

— Noah… ton copain, c'est ça ? Personne n'ose en parler, c'est tabou votre histoire ?

— Pas du tout. Les autres ne sont pas au courant des détails, c'est un peu… compliqué.

— J'ai tout mon temps !

Bon, Levi est curieux. Après tout, si ça l'intéresse, pourquoi pas ! Je commence mon histoire à la kermesse, avec le stand à bisous. Levi écoute jusqu'au bout sans m'interrompre, puis conclut simplement :

— C'est super que Lee t'ait pardonné et que vous soyez restés aussi proches. Je n'ai jamais eu un meilleur ami… enfin, si, mais pas autant que toi avec Lee.

Il s'arrête là. Comme il n'a pas l'air de vouloir entrer dans les détails, je rallume la télé.

Mon portable sonne au bout de dix minutes. C'est Noah.

— Coucou, Ella ! Je rentre de soirée. J'espérais bien pouvoir te parler. Tu me manques, mon lit est vide sans toi, tu sais ?

Je rougis.

— Euh… je comprends, Noah, mais je peux te rappeler ?

— Il y a un problème ?

— Non, mais… je ne suis pas seule et…

— Je m'en vais ! s'exclame Levi en se levant comme un automate. J'ai promis à ma mère de ne pas rentrer tard.

Je pose le téléphone sans raccrocher et je raccompagne Levi à la porte.

— Merci, Levi. À lundi. Je te revaudrai ça. N'hésite pas à me prévenir quand tu as besoin de compagnie pour garder ta sœur.

— C'est toi qui l'as dit, Ella !

Levi enfile sa veste puis sort. Je cours au salon reprendre mon portable.

— Allô, Noah ? Désolée.

— C'était qui ? demande Noah d'une voix sèche.

— Levi, le nouveau. Lee aurait dû venir ce soir pour le baby-sitting, mais il m'a laissée tomber comme une vieille chaussette.

— Attends que je devine : pour Rachel, bien sûr.

— Oui. Mais il se rattrape demain. C'est lui qui a envoyé Levi comme remplaçant. Franchement, ça s'est bien passé. Il est plutôt sympa et drôle. Tout le monde l'aime bien, surtout les filles. Il a déjà son fan-club au lycée.

— Je dois m'inquiéter ?

J'ai l'impression que ses yeux bleus transpercent l'écran de mon téléphone.

— À toi de voir ! je réponds en riant. Comment était ta soirée ?

— Bof, sans plus… Tu me manques, Shella.

— Tu me manques encore plus.

— Impossible.

On papote un moment des cours, des profs, du lycée, des amis. J'ai envie de lui confier mon angoisse à propos de Lee qui s'éloigne de moi, mais je me ravise. Inutile de ramener son frère dans la conversation, Noah s'énerverait. J'ai une boule au fond de la gorge, la distance accroît mon sentiment d'isolement. Si seulement il était ici près de moi, tout rentrerait dans l'ordre. Je regarde ses lèvres bouger alors qu'il me parle, j'ai une envie folle de les embrasser, mais ses yeux se ferment, sa tête s'enfonce dans l'oreiller, Noah est mort de fatigue. J'entends une voiture se garer. Papa est de retour.

— Noah, je te laisse dormir, mon père vient d'arriver. Je t'appelle demain. Je t'aime.

— Dors bien, baby. Je t'aime.

Ses derniers mots me réchauffent le cœur. Papa entre.

— Pas encore couchée, ma grande ? Tu n'aurais pas dû m'attendre.

— Je préfère. C'était bien, ta conférence ?

— Oui, merci. Et toi, avec ce diable de Brad ?

— Un ange ! Levi, un copain de classe, est venu m'aider. Brad l'a bien aimé.

— Dis-lui que je l'embauche ! Au lit, Shella.

CHAPITRE 5

Avant de planter les crocs dans mon cheeseburger triple bacon, je retire la rondelle de concombre et la dépose dans l'assiette de Lee. Voilà, maintenant ce sera un régal.

— Dix-huit dollars, j'espère que tu apprécies, grommelle Lee, faussement irrité.

Nous sommes au centre commercial, il a choisi un restaurant plus haut de gamme que d'habitude, c'est dire s'il essaye de se faire pardonner pour hier soir !

— Beaucoup ! je réponds, la bouche pleine.

Une question me brûle les lèvres :

— Lee, pourquoi as-tu envoyé Levi chez moi ? Les autres étaient forcément libres.

— Je ne leur ai même pas demandé. Ça me semblait une bonne idée. Levi est encore nouveau et vous aviez l'air de bien vous entendre en classe.

— Ah.

— Il y a eu un problème ?

— Pas du tout, c'était même très sympa. Brad l'a adoré. Il en a oublié de recracher ses brocolis !

— Tu le forces à manger des brocolis ? Pauvre petit ! Je vais te dénoncer, tu martyrises ton frère ! Et puis j'espère rester le baby-sitter préféré de Brad.

— Tu as un sérieux concurrent.

— On pourrait s'organiser un truc le week-end prochain, non ? propose-t-il pour changer de sujet. On n'a rien fait depuis la rentrée.

— Ça marche. Si tu me promets de ne pas annuler à la dernière minute.

— Mais non ! Il y a déjà la grande soirée annuelle Sadie Hawkins qui s'annonce. On se refera une virée shopping pour s'habiller classe. Tu as une idée du thème qui est prévu ? Ethan doit en parler mercredi.

— Merde, déjà ? Non, aucune idée.

— C'est pour le premier week-end de novembre. Au gymnase du lycée, pour économiser les frais de location de salle.

La soirée Sadie Hawkins est un bal organisé par le comité des fêtes. Basé sur le principe que les filles se cherchent un cavalier.

Merde.

— On y va ensemble ?

J'ai peu d'espoir, mais je croise les doigts. Lee et moi avons souvent dansé ensemble... avant que Rachel débarque dans le paysage. Le visage de Lee se renfrogne, je ne suis pas surprise.

— Euh... Ella, tu sais bien que je...

— Pas de souci. Je n'aurais pas dû te demander. Bien sûr que tu iras avec Rachel.

Elle est plus importante que moi. Je ne le dis pas, mais je le pense, même si c'est de la jalousie stérile.

— Une seule danse avec moi, ce n'est pas la mort. Tu pourrais essayer, non ?

— Dixon acceptera d'être ton cavalier, Ella. Demande-lui, répond Lee, de plus en plus gêné.

Dixon est sûrement déjà pris. C'est un mec populaire, drôle et adorable, qui plaît beaucoup aux filles.

— Noah sera peut-être là ? hasarde Lee.

Pfff, ça m'étonnerait, inutile de s'accrocher à cet espoir. Et Noah n'a jamais été fan des soirées dansantes organisées par le comité des fêtes. Il y allait seulement parce que toute l'équipe de foot s'y rendait. La seule fois qu'il a sorti le grand jeu dans une de ces soirées, c'était pour me demander devant tout le monde d'être sa copine…

Lee me prend par l'épaule pour me réconforter. On continue d'arpenter la galerie commerciale. De temps en temps, je le vois jeter un coup d'œil furtif à son portable, le front plissé. Son petit manège m'intrigue, je finis par mettre les pieds dans le plat.

— Lee, qu'est-ce qui se passe ?

— Faut que je te parle.

— Tu me largues, c'est ça ?

Mon ami ne rit pas du tout, au contraire, il prend un air grave.

— Quoi ? C'est Noah ? Rachel ?

Une sueur froide me dégouline le long de l'échine.

— Ella, je t'ai laissée croire que j'étais avec Rachel, mais je n'ai pas passé la soirée avec elle hier soir…

— Tu étais où alors ?

La seule fois que j'ai dissimulé quelque chose à Lee, c'est parce que je sortais avec son frère et que je craignais de lui faire du mal en le lui avouant. Mais je n'ai pas de sœur, alors que me cache Lee ?

— Au foot.

— Tu m'as menti pour une soirée foot ?

Il est malade ou quoi ?

— Pas un entraînement, Shella, un bizutage organisé par les anciens. On n'avait pas le droit d'en parler.

— Pourquoi ?

— Je ne sais pas… pour le fun, je suppose. C'était la condition, tu comprends ?

— Pourquoi tu m'en parles maintenant alors ?

— Une photo circule sur Facebook. Je ne voulais pas que tu croies que je t'avais menti.

Mouais.

— OK, bizutage de mecs. Raconte.

Lee me fait d'abord jurer de ne le raconter à personne : ils se sont introduits dans l'enceinte du lycée pour une course d'obstacles – avec tartes à la crème dans la figure et compagnie – jusqu'aux vestiaires. Le premier arrivé remportait le prix.

— C'était super drôle !

— Tu as gagné ?

— Évidemment !

La photo est à mourir de rire, on voit les jeunes recrues qui nagent dans la mousse à raser, les yeux bandés.

— Oh là là, quel foutoir, le proviseur va faire une jaunisse !

— Les perdants ont tout nettoyé… Désolé de t'avoir abandonnée hier soir, Ella.

— C'est bon, je comprends.

Lee est tellement content que je n'en fasse pas un fromage qu'il insiste pour passer à la boutique de jeux vidéo avant de me ramener.

— C'est pour Brad. Je tiens à ma place de premier baby-sitter !

CHAPITRE 6

Encore un mardi sans Lee. Cette fois-ci, il sort avec Rachel. Je serre les dents pour ne pas râler trop fort. Oui, je suis contente pour lui et, oui, j'aime bien Rachel, mais quand il se pointe à la sortie des cours avec sa tête de cocker parce qu'il est « obligé de m'abandonner », ça m'énerve. Je ne peux pas non plus m'imposer, tenir la chandelle, ce n'est pas mon truc.

J'ai encore dû demander à Dixon de me raccompagner en voiture. Maintenant, je suis seule à la maison, Brad est aux scouts, papa doit terminer un boulot avant de rentrer. J'appelle Noah, il ne décroche pas. Je consulte les réseaux sociaux, mais il n'y a rien d'intéressant. Quelle vie de... Mon portable sonne, enfin quelqu'un qui pense à moi ! Je décroche plus vite que mon ombre.

— Allô ?

— Salut, Ella.

Mon moral replonge dans les abysses, ce n'est pas Noah.

— Levi… euh, salut.

— Tu as l'air déçue. Tu attendais l'appel d'un autre ?

— Oui, enfin, non, pas spécialement.

— J'aimerais t'inviter à dîner chez moi.

— Tu as besoin d'un coup de main avec ta sœur, c'est ça ?

— Oui ! Tu joueras à la poupée !

Je raccroche en rigolant. Je prépare rapidement mon sac (un peu d'algèbre entre deux poupées Barbie, sait-on jamais). Levi m'envoie son adresse par texto, je peux y aller.

Un quart d'heure plus tard, je sonne chez lui. Il m'ouvre, manches retroussées, un tablier à fleurs noué autour de la taille.

— Ken et Barbie font de la pâtisserie ? j'ironise.

— Atelier brownies ! Entre.

— Miam, j'adore les desserts.

— À ta place, je me méfierais. Ma frangine est une apprentie sorcière-empoisonneuse.

— Elle ne peut pas être pire que moi : un jour, j'ai confondu le sel et le poivre en préparant des cupcakes. Le résultat était… poivré !

— OK, ne touche à rien !

Je le suis jusqu'à la cuisine, où, juchée sur un tabouret, se trouve une fillette aux cheveux bouclés, avec le même tablier à fleurs, et une moustache de chocolat !

— Rebecca, je t'avais dit d'arrêter de goûter la pâte ! Tu vas être malade.

— Tu t'appelles comment ? me demande-t-elle en ignorant superbement Levi.

— Ella. Ton frère m'a invitée.

— Tu es sa nouvelle petite amie ? Je préférais celle d'avant avec des taches de rousseur.

— Rebecca ! gronde Levi.

— Non, je suis juste une copine du lycée. Je peux t'aider ?

— Oui. Tu mets le beurre dans le plat sinon ça va coller au fond, ordonne-t-elle.

— À vos ordres, chef !

C'est sûrement la seule aide que je suis capable d'apporter tellement je suis nulle en cuisine. Levi et Rebecca ajoutent de la farine à leur pâte qui est trop liquide, paraît-il.

Une fois que j'ai terminé, je leur tends le plat… et je reçois dans les yeux un nuage de farine qui me fait tousser et éternuer. Le frère et la sœur éclatent de rire.

— Qui a osé me balancer de la farine en pleine figure ?

— C'est Rebecca ! s'écrie Levi.

— Menteur ! C'est lui, je l'ai vu !

— Levi, tu vas me le payer !

— Pitié ! C'était juste pour rire !

Alors qu'il me lance un torchon pour que je me nettoie, sa sœur plonge à nouveau le doigt dans la pâte au chocolat. Décidément, quelle gourmande. Une fois le plat enfourné, Levi s'occupe de la vaisselle.

— Ça me rendrait service que tu regardes Disney Channel avec Rebecca, me dit-il.

Sa sœur est passionnée par son émission et commente pour moi. Je la trouve rigolote, ce n'est pas le démon qu'avait dépeint Levi finalement.

Le dîner – lasagnes, salade – est délicieux. Pendant que son frère range encore la cuisine, Rebecca doit terminer ses devoirs. Elle me demande de corriger les fautes d'orthographe de sa rédaction.

— Tu n'as pas de taches de rousseur, mais je t'aime bien aussi, me dit soudain Rebecca. La copine de mon frère s'appelait Julie, il t'en a déjà parlé ?

— Jamais.

Rebecca prend une mine de conspiratrice et baisse la voix :

— Ils étaient très, très amoureux, mais Julie a cassé juste avant qu'on déménage. Levi a beaucoup pleuré. Il dit que non, mais je l'ai vu.

— C'est normal de pleurer quand on est malheureux.

Je suis un peu gênée que Rebecca se montre aussi bavarde, son frère pourrait trouver que je l'encourage. J'essaye de changer de sujet, mais en vain.

— Julie est très belle et très douée, elle joue du violon et du piano. Elle m'a offert du vernis à ongles pour mon anniversaire. Je suis triste qu'on ne la voie plus à la maison.

— Je comprends.

— Levi pleure encore le soir.

La porte d'entrée s'ouvre, une voix s'exclame :

— C'est moi ! Tout va bien, les enfants ? À qui appartient la voiture qui est garée devant chez nous ?

— Bonjour, madame Monroe, c'est la mienne. Je m'appelle Ella. Je suis en classe avec Levi.

— Bonjour, Ella ! Appelle-moi Nicole, s'il te plaît. Ravie de faire ta connaissance, Levi nous a parlé de toi. Hum, cette délicieuse odeur ! Rebecca, au bain !

Je donne un coup de main à Levi pour l'aider à vider le coffre de sa mère.

— Merci, Ella. C'était super que tu sois là.

— Je reviendrai, ta sœur n'est pas un démon !

— Idem pour ton frère. On devrait les échanger.

— Bon, je vais y aller. Il est tard.

— Attends, je te prépare des brownies pour Brad.

Alors que Levi emballe les gâteaux dans du papier d'aluminium, je ne peux m'empêcher de lâcher :

— Ta sœur m'a parlé de Julie.

Levi se raidit, pousse un soupir triste, mais reste silencieux. Zut, je n'aurais peut-être pas dû.

— Rebecca m'a juste dit que vous étiez très amoureux et que ta copine avait rompu avant votre déménagement. Je suis désolée pour toi.

Inutile d'ajouter que sa sœur l'a vu pleurer.

— Tu n'en as jamais parlé au lycée, je reprends encore.

Et on n'a rien vu sur son profil Facebook – Rachel l'a épluché avec moi.

— On était ensemble depuis la seconde. C'est à cause du déménagement qu'elle a tout arrêté. Une relation à distance, ça lui faisait peur... il paraît que c'est mieux comme ça pour nous deux.

— Tu n'as pas essayé de la convaincre ?

— Si, mais ça ne faisait qu'empirer les choses. Julie pleurait tout le temps. Elle pensait aussi à l'an prochain parce qu'elle ira sûrement à Harvard ou à Yale, mais pas moi... Je suis jaloux de ta relation avec Noah. Vous au moins, vous avez essayé. J'aurais aimé que Julie nous donne cette chance.

— Je comprends. C'est dur.

— Oui, même après trois mois de séparation... Elle me manque.

— Ça vous arrive de parler ?

— Jamais.

Sa réponse jette un froid. Je ne sais plus quoi dire et les courses de sa mère sont rangées. Je m'assois sur les marches du perron.

— J'essaye de ne pas regarder en arrière, reprend-il. Je finirais bien par rencontrer une fille qui me fera oublier Julie. À moins que je ne la retrouve après l'université. Pourquoi pas ?

— Hum, ce n'est pas ce que j'appelle « essayer de ne pas regarder en arrière ».

Il rit sans conviction. Pauvre Levi.

— Pardon, Ella, je suis pathétique comme mec. J'ai effacé toutes les photos de nous deux sur Instagram et le reste. Ça me faisait trop bizarre de les voir quand j'ouvrais mon profil.

— Je ne sais pas quel conseil te donner, mais si tu as besoin d'en parler, je suis là. Et tes brownies sont à tomber !

— Merci. C'est sympa.

— Tu vas me trouver curieuse, mais... où est ton père ?

Levi n'en parle jamais, pourtant ses parents ne sont pas divorcés, j'ai vu leurs photos sur le frigidaire.

— Mon père a eu un cancer de la prostate, suivi d'une dépression. Depuis qu'on est arrivés ici, il appartient à un groupe de soutien psychologique. Il y est ce soir. Notre vie a basculé à cause de sa maladie. Maintenant, il va mieux, son cancer est en rémission et il travaille à temps partiel.

— Oh... je suis désolée, c'est vraiment...

— T'inquiète, on va mieux. N'en parle pas aux autres, s'il te plaît. Je ne veux pas qu'ils aient pitié ou un truc du genre. Ça s'est passé comme ça dans mon ancien lycée, j'étais leur Calimero.

— Mais ton père va mieux, n'est-ce pas ?

— Oui, il a été soigné à temps, le cancer ne s'est pas étendu à d'autres parties du corps.

Je le comprends mieux maintenant. Le pauvre. Il s'est fait larguer par sa copine, il a été obligé de déménager, ses parents ont perdu leur boulot et son père sort à peine de son cancer... Pas étonnant que Levi soit secret. Je le serrerais presque dans mes bras.

— Ma mère est morte quand j'étais petite. Sa voiture a dérapé sur une plaque de verglas.

— Oh... désolé, je ne savais pas que...

— C'est bizarre à dire, mais je me suis habituée à son absence. Parfois, elle me manque tellement que j'ai mal partout. Et quand j'oublie cette douleur, je me sens coupable. J'ai passé plus d'années sans elle qu'avec elle maintenant.

— Ton père n'est pas remarié ?

— Non. Il ne veut pas la remplacer. Ou bien, il est trop occupé avec nous...

Juste au moment de partir, je repense à ce que m'avait dit Lee :

— Tu viendras à la fête de Jon Fletcher ?

Oui, Levi l'a notée. Cool. Cette conversation à propos de son père et de ma mère nous a rapprochés. Arrivée à la maison, j'ai envie de regarder les albums photos rangés dans le bureau de papa. Je m'installe sur le tapis, jambes croisées.

— Ça va, Ella ? me demande papa, depuis le seuil de la porte ouverte.

La dernière fois que j'ai feuilleté les albums, en février, je m'étais écroulée en larmes : c'était le jour anniversaire de la mort de maman, et je l'avais complètement oublié. Je ne m'en suis souvenue qu'au moment où papa a parlé d'acheter des fleurs pour le cimetière.

Les pages défilent. Je ferme les yeux pour vérifier que son visage est gravé dans ma tête.

— Elle te manque, dit encore papa.

— Un peu.

Je ne veux pas qu'il reste, je n'ai pas envie de parler de maman avec lui parce que ça va finir en crise de larmes. Pleurer ne la ramènera pas. Je me le répète chaque jour.

— Elle serait fière de toi.

Ah oui ? Fière de sa fille qui n'a toujours pas complété son dossier universitaire ? Qui a failli perdre son meilleur ami en sortant avec le grand frère ? Qui n'est pas fichue de se trouver un petit boulot ?

— Tu n'as pas envie de parler de maman, j'ai compris, Ella.

Papa me retire doucement l'album des mains puis le range sur l'étagère.

— C'était bien chez Levi ? demande-t-il encore.

Enfin une conversation que j'arriverai à soutenir.

— Sa petite sœur a le même âge que Brad. On a fait des brownies !

— Toi aussi ? J'espère qu'ils ont dosé eux-mêmes les ingrédients !

— Papa ! Tu sais, le père de Levi a eu un cancer de la prostate. Ça a été très dur pour leur famille.

— J'imagine. Il est guéri ?

— Apparemment. Levi ne veut pas que les autres le sachent au lycée... Je lui ai dit pour maman. J'ai bien aimé qu'il m'écoute.

— Je suis content que tu aies un nouvel ami. On ne voit plus beaucoup Lee par ici.

— Il est avec Rachel. Et il a le foot maintenant.

— Et, bien sûr, Noah est à Harvard... Au fait, June m'a dit qu'il serait avec nous pour Thanksgiving.

— Oui, je sais, c'est super, j'attends ça avec impatience. Bonne nuit, papa.

— Bonne nuit, ma chérie. Et coupe ton portable !

Je monte l'escalier. Au lieu d'entendre mon père retourner à la cuisine, je perçois le grincement de sa chaise, puis le froissement des feuilles de l'album photos qu'il commence à tourner...

CHAPITRE 7

Après seulement quatre semaines d'école, j'aimerais que ce soit déjà Thanksgiving. Pas seulement pour Noah, mais aussi pour avoir une pause dans les devoirs. Le prof principal nous demande chaque matin si nos dossiers d'inscription avancent pour l'an prochain – et si moi, j'ai un plan de ma lettre de motivation à lui soumettre pour qu'il le corrige, vu que je suis encore plus en retard que les autres… Évidemment, je n'ai pas écrit la moindre ébauche, je suis à la ramasse.

Du côté de Lee, ça ne s'arrange pas : il passe un temps fou aux entraînements de foot ou avec ses potes de l'équipe et, quand il a une minute de libre, il la passe avec Rachel. Du coup, je traîne souvent avec Levi. C'est sûrement le seul de tout le lycée à ne pas stresser pour l'entrée à l'université, vu qu'il n'a pas envie d'y aller directement après le bac. Il se donne du temps, c'est aussi simple que ça. Il essaye parfois de m'aider pour ma lettre.

Moins je vois Lee, plus Noah me manque. Un jour, pendant une heure de permanence, Levi et Dixon me lançaient des Skittles (mes bonbons préférés !) chaque fois que je prononçais « Noah ». Le paquet s'est vidé en moins de dix minutes. Noah me manque trop. Parfois, je sens un grand trou au fond de moi, vide et froid. Et parfois, la douleur est physique, j'ai mal. Un soir, alors que Noah savait que je bossais sur ma lettre, il m'a fait livrer mon plat préféré par Uber Eats. J'ai pleuré de bonheur au lieu de bosser.

J'ai participé à plusieurs réunions pour la soirée Sadie Hawkins pour me distraire. C'est une perte de temps parce que je n'ai toujours pas de cavalier (je n'ai pas trouvé le courage de demander à Noah), même si cela ne fait pas de mal de s'exercer aux danses… surtout moi qui suis nulle.

Les jours passent, le stress monte, Lee est nerveux pour les mêmes raisons que moi. Le dossier universitaire de Rachel est prêt, idem pour beaucoup d'autres amis. Nous sommes les deux traînards, mais on n'en parle pas souvent. À vrai dire, on ne se parle presque plus.

J'ai même l'impression que Lee évite de me voir, autant que Noah évite de me parler de Harvard. Je me raisonne en me disant que ce n'est pas la fin du monde, qu'il n'y a peut-être rien à en dire, même si j'ai parfois le sentiment qu'il me cache des choses.

Heureusement, la soirée de Jon Fletcher arrive enfin. Demain soir, première fiesta depuis la rentrée.

Maintenant, je suis plantée devant mon placard et mes tiroirs ouverts. C'est la cata habituelle : je n'ai rien à me mettre.

— Shella, dépêche ! Levi va arriver, soupire Lee. Choisis n'importe quoi.

Lee est là par miracle, Rachel a préféré rester chez elle pour réviser les contrôles de la semaine prochaine. Elle vise l'université de Brown, l'excellence. On est sûrs qu'elle décrochera sa place, mais c'est le genre de fille qui angoisse beaucoup et qui veut les meilleures notes possibles.

J'attrape une mini-jupe évasée en satin noir. La première moitié de ma tenue est trouvée. Mon téléphone sonne, Lee décroche.

— Salut, Levi... Oui, c'est moi... OK... On sera dehors. À plus.

« Levi arrive dans dix minutes, me dit-il.

— *Gloups*. Tu préfères bleu ou jaune ? dis-je en lui montrant deux hauts.

— Le jaune et basta.

— Sûr ?

Lee me fusille du regard. Il est de mauvaise humeur parce que Rachel ne vient pas et qu'il n'a pas osé râler après elle. C'est moi qui prends à sa place, mais j'avoue que je suis contente d'être avec lui ce soir.

— Tu sais quoi ? Je vais mettre le blanc à paillettes !

Lee lève les yeux au ciel, excédé.

— Allez, Lee, je sais que tu aurais préféré que Rachel soit là, mais on va bien se marrer. Ça fait longtemps qu'on n'a pas eu de soirée.

Lee reste silencieux. Il y a un truc qui cloche, je le sens.

— Pourquoi tu tires une tronche pareille ?

— Je vais peut-être faire une demande à Brown. Avec Rachel.

Brown ? Il veut aller sur la côte Est ? Je reçois un coup de poing dans le bide.

— Mais… et Berkeley ? On a toujours dit qu'on irait ensemble.

— Je sais. Mais maintenant j'ai envie d'aller à Brown, avec Rachel. Si mes notes remontent, je peux y arriver.

Je le regarde, incapable de trouver une autre réponse que « On s'est toujours dit qu'on irait ensemble à Berkeley ».

— Peut-être qu'elles ne remonteront pas ? hasarde Lee, mal à l'aise. Et toi, tu pourrais essayer d'aller à Boston, pour être plus près de Noah. Vous n'en avez jamais parlé ?

Non, j'avoue que je n'y avais même jamais pensé et je n'ai pas envie d'y penser maintenant. Tout ce que je me dis, c'est : *Lee me laisse tomber. Une fois de plus.*

— Levi ne va pas tarder, je descends, dit alors Lee pour briser le silence glacial. Dépêche-toi.

Quand il sort de ma chambre, j'ai l'impression de voir partir un étranger.

Dix minutes plus tard, on s'installe dans la Toyota de Levi qui a fait le ramassage scolaire. Cam est à l'avant et je me retrouve coincée à l'arrière entre Dixon et Lee.

— Roule ma poule ! hurle Dixon, surexcité.

— On se calme, murmure Lee.

— Bah quoi, y a un problème ? s'étonne Cam.

— Non, non, tout va bien, je réponds.

Croisons les doigts. Lee se déride chez Jon au bout de quelques bières. Je le regarde remplir son verre pour la quatrième fois, mais décide de ne rien dire. Après tout, mon ami est un sportif avisé, il doit connaître ses limites… Mais il continue d'enchaîner les bières. *Merde, qu'est-ce qui lui prend ?* Je finis par regretter l'absence de Rachel, surtout qu'il reste collé à son groupe de foot et nous snobe, nous, ses amis de toujours. Cam s'approche pour me le faire remarquer :

— Il est bizarre ce soir, non ?

— Il est trop con, oui, ajoute Warren.

Quand Lee titube en direction du fût à bière, je m'interpose :

— C'est bon, Lee, tu as assez…

— Ta gueule, Shella ! lâche-t-il avec un clin d'œil à Jon, qui observe la scène.

— Lee ! T'es…

— Fous-moi la paix ! C'est pas parce que tu t'emmerdes à mourir sans mon frangin que tu dois me coller comme de la glu.

Et il se barre avec sa bière. Je n'en reviens pas. Ses mots sont aussi violents qu'une gifle en pleine figure. Lee ne m'a *jamais* parlé de cette façon sans raison. Je ne le comprends plus. Les larmes me piquent les yeux.

— Il a un peu trop bu, dit Jon, philosophe.

La fête bat son plein, la musique hurle à fond, il y a des couples dans tous les coins. Un groupe m'entraîne vers la véranda pour un concours de shots. Je bouscule quelqu'un en passant (je crois que, moi aussi, j'ai bu un peu trop).

— Pardon ! Oh, Levi ! Tu participes au concours ?

— Non, je conduis, mais je t'accompagne pour te surveiller. Paraît que tu ne tiens pas l'alcool.

— Moi ! Qui t'a dit une connerie pareille ?

Je suis des yeux la bouteille de tequila portée en l'air comme un trophée par l'organisateur du concours. Si Lee ne m'avait pas repoussée, je n'en serais pas là. Pourquoi a-t-il attendu si longtemps avant de me dire qu'il ne voulait plus aller à Berkeley avec moi ? Je commence à pleurer.

— Oh, non, Ella ! s'exclame Levi.

Quand je craque, je ne m'arrête plus, ça coule, c'est les grandes eaux. Des regards noirs convergent sur le pauvre Levi qui n'y est pour rien. Il ne se laisse pas démonter et me prend par la main.

— Un peu d'air frais te fera du bien, dit-il en m'entraînant dehors.

On s'assoit dans l'herbe, je respire profondément durant quelques secondes. Je me mouche, j'essuie le mascara qui a coulé.

— Tu te sens mieux ? demande Levi. Il s'est passé quelque chose ?

— C'est la première fois que Lee se comporte aussi méchamment avec moi, je murmure. Déjà qu'on ne se voit plus jamais… sans Rachel, je veux dire… Je croyais que ce soir, ce serait sympa. Il me déteste. Mon meilleur ami me déteste.

— Mais non !

— Alors qu'est-ce qu'il a ?

— Le stress des dossiers, comme tout le monde.

— Mais pourquoi il refuse d'en parler ? Juste avant que tu passes nous prendre, il m'a dit qu'il voulait aller à Brown avec Rachel. Comme ça. Une bombe sortie de nulle part. Avant, on était toujours fourrés ensemble, on se disait tout. Maintenant, je ne le vois presque plus, et il annule systématiquement les sorties prévues ensemble. Il annule même nos projets d'université.

— Il y a Rachel dans sa vie, c'est un peu normal qu'il veuille être avec elle. Avoue que c'est assez bizarre pour elle que le meilleur ami de son copain soit une fille. Et trop mignonne avec sa mini-jupe, en plus.

Il essaye d'être gentil. Sa remarque me fait sourire.

— Mais bon, reprend-il, tu es d'accord que c'est logique de vouloir aller dans la même université que sa moitié ?

— Sa moitié, c'est moi.

— Ella ! Tu vois très bien ce que je veux dire. J'essaye de le comprendre. Lee est un mec bien, il ne joue pas au con sans raison. C'est juste qu'on ne connaît pas cette raison, c'est tout.

— Je n'ai plus envie de rester, dis-je en me levant. Je rentre.

— À pied ? Tu es folle, et tu n'es pas en état de…

— Merci de t'inquiéter. J'appelle mon père, il viendra me chercher.

— Je peux te ramener, Ella, ce n'est pas un problème.

— Chevalier servant, en plus !

Un quart d'heure plus tard, Levi coupe le moteur devant chez moi. Les rideaux du salon sont tirés, mais papa a laissé une lampe allumée.

— Merci, Levi. Tu ne veux vraiment pas que je paye un plein d'essence ?

— Non, tu me rembourseras en baby-sitting.

— Ah ! Ah ! Pas fou !

Je descends de voiture, commence à remonter l'allée en évitant que mes talons s'enfoncent dans la terre. Levi m'interpelle alors :

— Ella, arrête de t'inquiéter, je suis sûr que ça s'arrangera. Lee est ton meilleur ami.

— Merci, Levi. Bye.

La porte d'entrée s'ouvre avant que j'aie le temps de sortir mes clés.

— Déjà ? s'étonne papa. Je ne t'attendais pas si tôt.

— C'était moyen.

— Tu as bu ? Tu es malade ?

— Non, je n'étais pas d'humeur, c'est tout.

— Lee est rentré aussi ?

— Juste moi. Bonne nuit, papa.

— Tu ne veux pas regarder la télé avec nous ? Brad a choisi un policier pour une fois.

— Je préfère aller me coucher.

Perplexe, papa lève un sourcil, puis m'embrasse en me souhaitant bonne nuit. C'est sûr que je ne l'ai pas habitué à rentrer à l'heure des collégiens.

Une fois que je suis en pyjama (un T-shirt de Noah) et blottie sous ma couette, j'attrape mon portable et ouvre le menu de mes contacts.

June Flynn, Lee Flynn, Matthew Flynn, Noah Flynn.

Il faut que je parle à l'un des frères Flynn, mais lequel ?

Appelle Lee, crève l'abcès une bonne fois pour toutes. Il est sûrement rentré, il avait promis à June de ne pas dépasser minuit.

Non, appelle Noah, tu ne lui as pas parlé plus de cinq minutes d'affilée depuis lundi. Comme ça tu sauras ce qu'il pense de son frère.

J'appelle Noah. Ça sonne… ça sonne et je suis redirigée vers sa messagerie. « Salut, c'est Noah, laisse-moi un message, je te rappellerai quand je pourrai. » Je ne raccroche pas. Il a changé son annonce, la précédente était bien plus drôle.

— Euh, c'est moi… Ella… je voulais te parler mais tu dois sûrement dormir. Je te rappellerai demain. Je t'aime.

Ce soir, plus que n'importe quel autre soir, j'aurais voulu que Noah soit près de moi. Entre sa boîte vocale et le comportement de Lee, je ne me suis jamais sentie aussi seule.

CHAPITRE 8

Le lendemain matin, j'attends le coup de fil de Lee – ce serait quand même normal qu'il me présente ses excuses, non ?

Rien.

L'après-midi, j'envoie un texto pour lui demander s'il est avec Rachel. Non, monsieur est dans sa chambre, du coup, je sors pour me rendre chez lui, prête à me disputer avec mon meilleur ami : j'exige une explication à son comportement nullissime de la veille.

Quand j'appuie sur la sonnette de sa maison, je ne suis déjà plus aussi sûre de moi. Je n'aime pas les situations conflictuelles, encore moins avec Lee. La porte s'ouvre.

— Bah pourquoi tu sonnes ? m'accueille Lee, un sourire jusqu'aux oreilles.

Ses yeux sont injectés de sang, il a une paupière violacée. Je devrais commencer par demander ce qui est arrivé, mais ma rage reprend le dessus.

— Pourquoi tu as été aussi dégueu avec moi ? C'est à cause de Rachel ? De Noah ? J'ai fait un truc qui t'a saoulé ?

— Entre. On va parler.

Je le suis sans un mot à travers la maison. D'habitude, je me sens ici chez moi, mais pas aujourd'hui.

— On commence par quoi, Shella ? demande Lee, une fois la porte de sa chambre refermée.

— Par toi. Merde alors, c'est déjà assez dur sans Noah, mais c'est pire depuis que tu me repousses. Et pas seulement à cause de Brown. On ne se parle plus jamais, j'ai l'impression que tu me fuis. C'est horrible.

— Tu deviens parano.

— Hier soir, tu m'as carrément demandé de la boucler devant tout le monde, j'ajoute d'une voix tremblante.

Lee ne répond pas. Au contraire, il baisse la tête pour éviter de croiser mon regard. Je blêmis. Est-ce la fin de notre belle et longue amitié ?

— Tu as raison, Shella, j'ai été nullissime, murmure-t-il.

— Ah, tu le reconnais enfin. Je peux savoir ce qui se passe ?

— Je suis désolé. Je n'aurais pas dû te parler comme ça.

— Ce n'est pas une réponse. Je veux savoir pourquoi, Lee ! Qu'est-ce qui se passe, merde ?!

Il hésite à nouveau, se gratte la jambe, me regarde d'un air bizarre avant de reprendre enfin la parole :

— Rien. Arrête d'en faire un fromage ! J'avais bu, je n'ai pas été sympa, je te prie de m'excuser, fin de l'histoire. Tu veux quoi de plus ?

Mon meilleur ami est un connard égoïste et bouché. J'étouffe dans sa chambre.

— OK, salut, Lee. Il paraît que tu étais mon meilleur ami. Oublie. Je me tire.

Lee donne un coup de poing dans le mur et se lève pour m'empêcher de sortir.

— Ils me traitent de « Petit Flynn », Ella.

— Pardon ?

— Au foot, je suis leur « Petit Flynn », et le coach la ramène tout le temps : Noah par-ci, Noah par-là, Noah courait plus vite, Noah lançait plus loin. Ils s'attendent à ce que je sois comme lui, leur nouveau Flynn, tu comprends ?

— Et c'est une raison pour me rayer de ta vie ?

— Non ! J'essaye juste d'être… cool.

— En jouant au connard.

Lee se sent soudain crétin.

— Je croyais que c'était le nirvana d'avoir été sélectionné, dis-je, perplexe.

— Je suis pathétique, je sais, je n'en ai même pas parlé à Rachel. Tu comprends, ils croyaient que mon niveau était meilleur parce que Noah m'avait entraîné cet été… Ça me tue la façon dont ils me traitent. Je ne suis jamais assez fort pour eux, pourtant je suis heureux d'être dans l'équipe, mais…

— Noah ne m'a jamais parlé comme tu l'as fait hier soir.

— Tu vois, il est bien plus fort que moi, lâche Lee dans un soupire.

— Arrête, tu n'es pas Noah ! Tu n'occupes pas la même position sur le terrain, c'est débile de vous comparer. Tu n'es pas petit. Et pour finir, si tu veux que je t'aide à regonfler ton ego, je te conseille de ne plus jamais me traiter comme tu l'as fait hier soir.

— Fous-moi une baffe en public si je recommence.

— On l'écrit et tu signes !

Lee éclate de rire, la tension est redescendue.

— C'est bon, je suis pardonné ? tente-t-il.

— Jure-moi que ça n'arrivera plus jamais.

— Juré, craché, la main sur le cœur, Shella.

Lee me serre longuement dans ses bras. Je suis heureuse comme jamais, après tant de semaines de rancœur et d'éloignement. Je l'entends renifler.

— J'ai les cheveux qui puent ?

— Non, j'essaye de ne pas pleurer.

Sacré Lee ! Je suis encore un peu fâchée, mais au moins, la glace est rompue. Il est désolé, c'est déjà un progrès. On pardonne à un ami qui retient ses larmes d'émotion.

— Tu t'es bien amusé chez Jon ? je demande.

— Bof. J'ai cassé un vase, je suis rentré après l'heure prévue, j'ai failli te perdre et j'ai vomi dans la voiture de celui qui m'a ramené.

— Moyen, oui.

— Je sais aussi que j'ai gâché ta soirée, Ella...

— Levi te l'a dit ?

— Oui... Vous avez l'air de bien vous entendre. Tant mieux. Du moment qu'il ne me vire pas de ma place de meilleur ami... Je m'inquiète pour toi, tu sais : Rachel a le club de théâtre, mais toi, tu...

— ... n'es pas assez douée pour y entrer !

— Ce n'est pas ce que je voulais dire ! Tu pourrais te mettre au volley, tu n'es pas mauvaise.

— Ouais, ça ferait une ligne de plus sur mon CV et dans ma lettre de motivation.

— Toi et ta bon Dieu de lettre... Au fait, Ella : Brown, ce n'est pas seulement pour Rachel. Mon père y est allé aussi. Tes notes sont meilleures que les miennes, tu pourrais postuler.

— Peut-être.

— Et je ne la choisis pas, elle, plus que toi, tu sais.

— Oui, j'ai compris... tout le monde me répète qu'elle est déjà bien patiente d'accepter une relation comme la nôtre, parce que ce n'est pas courant et que...

— C'est Warren qui t'a dit ça ?

— Non, bouffon ! Mais bon, si tu es pris à Brown, tu te couperas en deux, je veux continuer de te voir tous les vendredis soir.

— OK, bouffonne, on trouvera une solution !

— À table, les enfants ! appelle June en bas de l'escalier.

Lee m'entraîne, et nous descendons bras dessus bras dessous, comme au bon vieux temps. Ça fait du bien de retrouver mon meilleur ami.

CHAPITRE 9

Après ma réconciliation avec Lee, je rentre à la maison et tente à nouveau d'appeler Noah. On a échangé quelques rapides textos durant la journée, rien de plus. Harvard, c'est bien, mais c'est trop loin de la Californie.

Je déteste ne pas le trouver quand je vais chez les Flynn. Je déteste ne plus pouvoir me caler dans ses bras pour une petite sieste. Je déteste qu'on ne se dispute plus pour le choix du film à regarder ensemble. Je déteste qu'il ne me mordille plus le bout du nez pour m'embêter.

Je déteste ce vide qui m'habite en permanence.

Avec la reprise des cours, j'ai eu un tas de trucs pour m'occuper l'esprit : les devoirs, le dossier universitaire, l'arrivée de Levi, le comportement de Lee, autant de préoccupations qui m'empêchaient de trop penser à l'absence de Noah… mais quand je n'arrive pas à le joindre au moment où je le souhaite, c'est comme si une enclume de tristesse me tombait dessus.

Pourquoi ne répond-il pas ? Son téléphone est-il en mode silencieux ? Est-il encore sorti avec des potes ? Il ne souhaite pas me parler ?

— Salut, toi ! Comment va ma Shella préférée ?

Enfin, son visage, sa voix, et ses yeux bleus qui crèvent l'écran. Noah a l'air super content de me parler… J'ai l'impression qu'il a coupé ses cheveux, ou alors, c'est sa barbe qui a poussé. C'est fou, on ne se voit pas pendant plusieurs jours et j'ai déjà l'impression qu'il a changé. J'aperçois des arbres derrière lui. Le vent soulève ses cheveux.

— Bien. La soirée était OK. J'arrive de chez tes parents. Ils m'ont invitée à dîner.

Noah sait que Lee me lâche très souvent pour Rachel, on en a même parlé vingt minutes la dernière fois. J'ai dû calmer Noah et lui faire jurer de ne pas remonter les bretelles à son frère. Je choisis de lui cacher ce qui s'est passé hier soir, parce que ça remettrait de l'huile sur le feu.

— Ella, c'est écrit sur ta figure. Raconte-moi. Lee était encore avec Rachel ?

Merde, je n'aurais pas dû l'appeler en vidéo.

— Euh… Il n'a pas été très sympa, pas seulement avec moi. C'est pour ça que je suis allée chez tes parents.

— Et ?

— Et il a promis de faire un effort… Tu savais qu'il voulait entrer à Brown ?

J'observe le visage de Noah. Ses yeux se détournent, ses lèvres se pincent. Il va exploser parce que Lee me laisse encore tomber sur ce coup-là. Mais quand il rouvre la bouche, c'est pour dire :

— Il y a plein de super écoles à Boston.

Je n'en reviens pas. On se fixe droit dans les yeux durant plusieurs secondes. Lee en a parlé hier, mais je ne m'attendais pas à ça. Noah souhaite vraiment m'avoir près de lui ? Je brise le silence la première :

— Je pourrais peut-être regarder.

— Mon frangin à Brown. Comme mon père. T'as dû avoir un choc… C'est à cause de ça qu'il se comportait comme un salaud ?

Noah a changé de sujet. D'un côté, je suis soulagée, et de l'autre, je suis flattée qu'il me veuille près de lui. Mais bon, on ne choisit pas son université juste à cause de son copain, n'est-ce pas ? Et Lee ? Et mon père et Brad ? Berkeley est proche de chez nous, ça a toujours été la principale raison : je ne peux pas abandonner ma famille. Ce n'est pas le genre de décision qu'on prend sur un coup de tête et au téléphone.

— En fait…

Je lui explique l'histoire du foot, du flambeau difficile à reprendre pour Lee parce qu'il est le petit frère. Noah est partagé entre culpabilité et agacement.

— Finalement, je devrais peut-être lui parler, répond-il.

— Noah, non ! On a discuté. Ça s'est arrangé. Promets-moi de ne rien dire. Lee est vraiment touché par ce truc-là, n'aggrave pas les choses.

— Tu dois avoir raison.

— J'ai toujours raison !

Le sourire de Noah s'étire, sa fossette se creuse. Je meurs d'envie de déposer un baiser sur ses lèvres, et de me serrer contre lui.

— Je n'en reviens pas que tu te laisses pousser la barbe.

— Tu n'aimes pas ? dit-il en se frottant la joue.

— Je craque complètement !

— Cool ! Je n'ai surtout pas pris le temps de me racheter des nouvelles lames.

— Trop de boulot avec les cours ?

— Ouais, y a de ça.

Ça y est, l'huître se referme, j'en ai un nœud à l'estomac. Pourquoi refuse-t-il de parler de sa vie universitaire ? Je m'inquiète sérieusement parce que, systématiquement, il change de sujet. Cette fois-ci, je suis archi sûre qu'il cache quelque chose.

— Mais… tu aimes bien Harvard, n'est-ce pas ? Tu gères ?

Il hausse les épaules, ébauche un sourire blasé avant de répondre d'une voix nonchalante :

— Bien sûr que je gère. Je ne suis pas premier, mais ça passe, tu le sais bien.

— Non, justement, je ne sais rien… tu ne parles jamais de tes cours.

Apparemment, c'est ma journée opération vérité avec les frères Flynn.

— Mais si.

— Je t'assure que non, Noah. Tu me parles de tes colocs, de tes soirées, du foot, mais jamais des profs ou de ce qui se passe en cours.

— Tout se passe très bien, Ella.

Le ton de sa voix, la crispation de ses mâchoires, l'étincelle qui s'allume dans ses prunelles me disent le contraire.

— Tu as le droit de trouver ça difficile. J'ai lu sur un blog d'étudiants que l'adaptation n'était pas évi...

— Shella, arrête ton délire, tu veux ? Ça va très bien.

Il éloigne le téléphone, je ne vois plus son visage mais sa main qui frotte sa joue râpeuse. OK, n'insistons pas. Noah m'en parlera quand il se sentira prêt, n'est-ce pas ? Ce qui peut prendre un certain temps. Je ne dois pas douter de lui et je ne veux surtout pas qu'on se dispute, ce serait l'horreur pour se réconcilier avec la distance. Le plus simple est de rester zen.

— Super, Noah, alors tant mieux.

Son visage réapparaît, bien cadré au milieu de l'écran.

— Et sinon ? Quoi de neuf ? me demande-t-il avec effort.

— Rien de spécial. Je continue de bosser sur ma lettre. Lee viendra peut-être travailler son anglais avec moi, il a besoin de remonter sa moyenne puisqu'il vise Brown maintenant. Sinon, tu as une autre soirée samedi ?

— Oui, Steve nous a encore trouvé une fête qui devrait être sympa. Dans une des fraternités du campus. Il a des invitations par sa copine qui connaît quelqu'un là-bas.

— Sympa.

Puis, c'est le silence, je ne sais pas comment relancer la conversation. Avant, ce genre de moment n'avait rien de gênant, parce que aucun non-dit ne flottait entre nous. Ce n'est pas le cas aujourd'hui... J'hésite un bref instant à demander s'il viendra pour la soirée Sadie Hawkins, puis je décide que c'est inutile : je n'ai pas envie d'entendre le refus de Noah, surtout qu'on a déjà failli se disputer. Quand le silence devient carrément insoutenable, je l'entends qui s'éclaircit la gorge comme pour me rappeler sa présence.

— OK, j'imagine que tu dois bientôt y aller ?

— Oui, j'ai promis à Steve d'arriver en même temps que lui.

— Amuse-toi bien.

Trois petits mots difficiles à prononcer sans fondre en larmes. Je raccroche. Ne pas pleurer. *Surtout* ne pas pleurer. C'est juste la distance et le décalage horaire. Tout va bien... du moins, je l'espère. Je fixe le plafond au-dessus de mon lit, longtemps, jusqu'à ce qu'un bip dans mon téléphone me fasse réagir. Un message de Levi avec un lien vers un site.

Depuis quand les choses sont-elles devenues compliquées avec Noah ?

CHAPITRE 10

Lundi matin. Je suis trop contente qu'une nouvelle semaine commence, j'ai passé un dimanche horrible à angoisser sur ma relation avec Noah. Impossible de me confier à Rachel, cela reviendrait directement aux oreilles de Lee qui s'empresserait d'appeler son frère. Alors j'ai écumé les blogs à la recherche de réponses, du coup, mon dossier universitaire est resté au point mort et j'ai bâclé mon devoir d'histoire.

Est-ce moi qui suis débile de gamberger ? Du calme, il n'y a AUCUN problème, c'est juste qu'on ne s'est pas vus depuis plusieurs semaines.

Lee passe me prendre en retard, comme souvent. Une fois au lycée, j'ai l'impression qu'on me regarde bizarrement.

— J'ai des yeux de panda ou quoi ? je demande à mon ami après le troisième coup d'œil suspect.

— Non. C'est peut-être moi qu'ils matent. Je suis un Flynn, n'oublie pas ! Maintenant que Noah est parti, les gens réalisent enfin que c'est moi le plus beau !

Et d'un mouvement de tête, il jette ses cheveux en arrière. Je crois bien qu'il les laisse pousser pour ressembler à son frère. Je rirais volontiers si je n'étais pas aussi mal à l'aise.

— Il y a un truc, je le sens. Regarde, celui-là, il me mate.

Lee tourne la tête vers le garçon que je pointe du doigt, ce dernier s'éloigne alors. Je repense à la soirée de vendredi à la recherche d'un truc qui m'aurait échappé. J'ai pleuré, mais bon, cela n'avait rien de sensationnel. Ensuite, je suis rentrée tôt…

On rejoint nos amis. Lee se vante de la dissert qu'il a écrite pendant le week-end, alors que je tends l'oreille pour écouter un groupe de premières non loin de nous :

— La pauvre.

— Je n'aimerais pas être à sa place.

— Ella se console avec le nouveau, je l'ai vue partir avec lui, de chez Jon.

— Elle a l'air de prendre ça plutôt bien. Moi je serais au fond du trou.

— Quand même, c'est dur.

Je suis tellement concentrée que je n'ai pas senti la main de Lee me pousser vers notre salle de cours. Rachel et Lisa sont là. On s'installe à nos places habituelles.

— C'est dingue, toutes ces rumeurs, nous dit-elle.

— Quelles rumeurs ?

Mon angoisse remonte en flèche.

— Tout le lycée en parle, ajoute Lisa. Il paraît que tu t'es empressée de quitter la soirée avec Levi.

— Pardon ? Ces crétins pensent que Levi et Ella sortent ensemble ? intervient Lee.

Rachel et Lisa échangent un regard entendu.

— N'importe quoi ! explose-t-on d'une seule voix, Lee et moi.

— Levi m'a ramenée en voiture, qu'est-ce qu'il y a de mal à ça ? j'ajoute, complètement sonnée.

La tête que tirent Rachel et Lisa m'interpelle. Il y a autre chose.

— Rachel, s'il te plaît, explique-moi ce qui se passe.

— Euh… ils disent qu'entre Noah et toi, c'est fini, murmure-t-elle.

— Mais d'où ça sort, cette connerie ?

— C'est vrai alors ? insiste Lisa, incapable de contenir sa curiosité.

— Mais non, on est toujours ensemble… Pourquoi ils disent ça ?

Rachel pose son portable devant moi.

— Ils parlent de ce qu'ils ont vu en ligne, répond-elle.

D'un seul mouvement, Lee et moi tendons le cou. Je ne sais pas si mes poumons savent encore respirer. Sur le compte Facebook d'une certaine Amanda Johnson se trouve une photo avec le commentaire « Nuit de rêve avec Noah Flynn ! », soixante-deux *Like*, dix-sept commentaires, et un dix-huitième en cours de rédaction. On peut voir Noah, en chemise blanche à liseré bleu (mon cadeau), un sourire jusqu'aux oreilles, une fille qu'il serre contre lui (très près de lui). Une superbe blonde, en robe bustier décolletée qui l'embrasse sur la joue.

Et Noah a l'air follement content.

Je suis malade.

— C'est une blague, j'articule péniblement.

D'un geste lent, Rachel range son portable dans son sac.

— C'est une blague, n'est-ce pas ? je répète d'une voix désespérée. Dites-moi que c'en est une.

Mes yeux picotent, une boule grossit au fond de ma gorge. Alors, ce serait ça la raison ? Rachel et Lisa se lancent un regard.

— Shella, il ne faut pas...

Je craque. Je me lève et sors en courant, sans obéir à M. Shane qui me demande de me rasseoir. J'entends les appels de Lee. Il finit par me rattraper dans l'escalier et me prend dans ses bras.

Je respire profondément pour me calmer. Comment Noah a-t-il pu me faire un coup pareil ? J'aurais dû m'en douter à la tournure de nos derniers échanges téléphoniques. Il a l'air si heureux sur cette photo, et il était si distant avec moi au téléphone, ça me fait mal au ventre de...

— Noah est amoureux de toi, Shella, tu le sais. Moi aussi, je le sais. Il avait bu, la fille en a profité pour l'embrasser. Sur la joue, tu as remarqué, rien de bien méchant. Quand Cam t'a embrassée chez Jon, personne n'en a fait un sketch.

— N'empêche que, depuis ce matin, on me regarde comme une pauvre fille. Et si c'était vrai ? Je n'ai pas vu Noah depuis des semaines, il sort tous les soirs, il rencontre des nanas dix fois plus mignonnes, qui sont là, avec lui, pas à quatre mille kilomètres. Qu'est-ce qui prouve qu'il n'attendait pas Thanksgiving pour me l'annoncer ?

Lee fronce les sourcils. Aurais-je raison ?

— Il t'a dit quelque chose ? Lee !

— Juste que c'était dur d'être loin de toi. Mais pas au point de vouloir rompre. Franchement, je ne crois pas qu'il ait rencontré quelqu'un.

— Et si tu te trompes ?

— Mets les pieds dans le plat : appelle-le, Shella. Noah est un mec buté, mais jamais il ne t'aurait trompée. Je connais mon frère.

Lee a raison, mais j'ai quand même du mal à garder le moral. Rien que de penser au coup de fil qui m'attend, je me liquéfie. Cette photo ne signifie probablement rien, mais une petite voix me souffle qu'il n'y a jamais de fumée sans feu…

La journée est une suite interminable de ragots chuchotés et de regards apitoyés. Les gens sont persuadés que Noah et moi avons rompu, qu'il sort avec un canon (le profil d'Amanda a été scruté de A à Z) et que, de mon côté, je me suis « déjà consolée dans les bras du nouveau ». Tout est expliqué sur Instagram.

Levi se pointe en fin de matinée au lycée à cause d'un rendez-vous médical. Les rumeurs sur notre supposée idylle le font hurler de rire « tellement c'est grotesque », selon lui.

Dès la fin des cours, je file à la maison et m'enferme dans ma chambre. L'heure fatidique est arrivée, j'appelle celui que je considérais hier encore comme mon amoureux transi. J'appuie sur la touche d'un doigt tremblant, je ferme les yeux, compte les sonneries.

Une… deux… Décroche, Noah… Trois…

Boîte vocale. Je raccroche.

Avant même de savoir quoi faire maintenant, mon portable sonne. Noah. Je bondis en l'air.

— Tu m'as appelé ?

— Oui.

— Il y a un truc ou c'est juste ma voix de beau gosse qui te manquait !

J'aimerais rire, mais ça s'étrangle dans ma gorge.

— Ella ? Qu'est-ce qui se passe ? Tu me stresses, là.

— Je l'ai vue.

— Quoi donc ?

— La photo.

— Quelle photo ? Ella, de quoi tu parles ?

— La photo sur Instagram ! Toi avec une blonde qui t'embrasse et que tu...

— Ah, ça.

Je rêve ou il se fout de ma gueule ? Noah est d'un calme olympien, je suis à la limite de la crise de nerfs.

— Oui, ça, merde ! Tu croyais que je ne la verrais pas ? Que je...

— Ella, stop ! Respire un grand coup, on va parler.

— Parler ? Tu veux parler ? Tu avais toute la journée d'hier pour m'en parler, mais tu n'as pas ouvert la bouche. Tu n'imagines même pas la journée humiliante que j'ai eue aujourd'hui. Tout le lycée était au courant quand je suis arrivée ce matin. Tout le monde parlait dans mon dos, tout le...

— Désolé, Ella, je ne pensais pas que ça ferait la une. C'est juste une photo prise samedi soir.

— Parce qu'il y en a beaucoup d'autres ? Si je vais sur Facebook, je trouverai un catalogue entier de nanas en train de poser avec toi ?

Je reconnais que je dramatise mais c'est plus fort que moi, ça sort tout seul. Je me sens aspirer dans une spirale de doutes : s'il ne peut pas raconter les trucs simples comme ses cours ou ses notes, comment ne pas penser au reste ? Notre relation est-elle si compliquée à vivre ? Mais alors pourquoi voudrait-il que je postule à Boston ? Regrette-t-il de ne pas avoir rompu à la fin de l'été ?

Je dramatise un max, c'est vrai, mais j'ai trop peur de le perdre.

— Amanda n'est pas n'importe quelle nana.

Les mots que je redoutais d'entendre. Un voile tombe devant mes yeux. Nous y sommes.

— Je dois comprendre quoi ? dis-je d'une voix glaciale.

— Mais rien ! C'est une amie. Ma partenaire de labo. On étudie ensemble, on traîne aux mêmes soirées. Il n'y a rien de plus à comprendre. Arrête de te monter un film.

— Si c'est une amie proche, pourquoi j'en entends parler seulement maintenant ?

Noah soupire.

— Écoute, Shella, je me doute que cette photo a dû faire jaser dans les chaumières, mais ce n'est pas du tout ce que tu crois ou que les autres voudraient que tu croies. Il ne s'est rien passé. On rigolait, Amanda a demandé à Steve de prendre une photo, fin de l'histoire. C'est une amie, voilà... J'aimerais que tu me fasses confiance.

— Donc je suis la nana hystérique qui fait une scène parce que tu sors avec d'autres filles, c'est ça ?

— Tu m'appelles pour faire une scène à propos d'une photo, Ella.

Je me retiens de lui hurler à la figure. J'ai un goût amer dans la bouche et mon cœur tambourine. Noah a raison, mais j'ai quand même le sentiment qu'il ment.

Je commence aussi à comprendre ce que Lee a dû ressentir lorsqu'il a découvert que je sortais avec Noah. C'est comme si on m'enroulait un fil de fer barbelé autour du corps.

— Les apparences sont contre moi et j'aurais dû te parler d'Amanda plus tôt. Ce n'est évidemment pas le genre de photos que tu as envie de voir, mais je te jure qu'il ne s'est rien passé. C'était totalement inoffensif, il n'y avait rien de romantique. Amanda fait la bise à tout le monde, c'est son genre. Et elle ne m'intéresse pas. OK ?

— OK, mais...

— Je voudrais que tu me fasses confiance, Ella.

Je m'abstiens de peur de répondre une connerie. Je voudrais dire « oui, bien sûr », mais toute cette histoire m'a échaudée.

— Je suis désolé pour ta journée pourrie, Ella, mais je t'assure qu'il ne s'est rien passé. Oublie. Pour l'instant tu es en colère, mais tu finiras par voir que cela n'en valait pas la peine. Je t'aime, tu sais ça. Toi et moi, c'est du solide, n'est-ce pas ? Laisse tomber les ragots. Les gens en racontent toujours des tonnes. Crois-moi, tout ça ne veut rien dire.

— Pourtant, ça avait l'air vrai. Et ce n'est pas agréable à entendre. On m'a même traitée de pute, je murmure.

— Mais c'est quoi, ce délire ?

— Parce que Levi m'a ramenée à la maison, vendredi soir, ensuite ils ont vu la photo de... ta pote (je suis incapable de prononcer son nom), ils en ont conclu que je m'étais précipités dans les bras de Levi.

— Ce mec... Levi, vous êtes super proches, non ? dit-il d'un ton qui se veut naturel.

— Je t'ai expliqué, Lee passe son temps avec Rachel ou au foot ; Cam, Dixon et Warren sont inséparables, je n'ai pas vraiment de copines. Alors, oui, je suis souvent avec Levi. Il ne connaissait personne en arrivant ici.

— Du coup, tu es devenue son âme sœur.

Noah est jaloux, je l'entends au son de sa voix. J'avoue que ça me réjouit un peu, comme une petite revanche sur la blondasse.

— Shella, tout va bien pour nous deux, n'est-ce pas ?

— Bien sûr.

Honnêtement, je ne sais plus, pourtant j'en ai envie de toutes mes forces. Je voudrais que ça redevienne normal entre nous. Je ne veux pas me disputer, ni passer pour une jalouse hystérique.

— Oui. Désolée, je me suis énervée.

— C'est normal.

Et philosophe avec ça. J'ai du mal à comprendre comment le Noah que je connais peut rester aussi calme et posé. L'université vous change-t-elle à ce point ?

— Je dois raccrocher, Ella, j'ai promis de rejoindre les potes du foot. Je te rappelle plus tard ?

J'écoute sa respiration quelques secondes puis je raccroche. Si tout va bien entre nous, pourquoi ai-je l'impression d'avoir le cœur en mille morceaux ?

CHAPITRE 11

Rien de particulier à signaler les deux semaines suivantes. On aborde les examens de mi-trimestre, cela occupe les esprits, les rumeurs me concernant avec Noah ou Levi sont passées de mode, d'autres les ont remplacées.

Pour son anniversaire, le 3 octobre, j'envoie à Noah une carte amusante et une sélection de films sur iTunes. On se parle par Skype sans revenir sur la photo et ma crise de nerfs. J'ai l'impression qu'il fait un effort pour me raconter davantage sa vie, se projeter à Thanksgiving quand il reviendra enfin. Au lieu de me réchauffer le cœur, la visio me rappelle que nous sommes loin l'un de l'autre et sous des fuseaux horaires différents.

Les ragots sont peut-être retombés, mais, moi je n'oublie pas Amanda. J'ai essayé de ne PAS me jeter sur les réseaux sociaux pour traquer d'autres photos de cette blondasse pendue au cou de mon copain... j'ai cherché sur Instagram, Twitter, Facebook, partout en restant zen. Lee trouve ça malsain. Rachel dit qu'elle en aurait fait autant à ma place. Levi pense qu'Amanda est une narcissique, égocentrique et droguée à la caféine, vu le nombre de photos qu'elle poste chaque jour, la montrant en train de boire du café avec ses amis.

Aujourd'hui, j'assiste à une réunion du comité des fêtes pour la soirée Sadie Hawkins. Ethan Jenkins, le président élu par les lycéens, s'apprête à gérer la répartition des tâches.

— Début de séance ! crie Ethan comme un magistrat. Merci d'être là. Je sais qu'on a tous la tête dans les exams, mais c'est important aussi d'avancer dans les préparatifs de Sadie Hawkins. On commence par la bouffe et les boissons.

Le tour de table commence. Les différents responsables de tâches s'expriment, Ethan prend note, l'humeur générale est joyeuse, la mienne un peu moins. Je n'ai toujours pas choisi ma robe ni cherché de cavalier. C'est-à-dire : je n'ai pas demandé à Noah. Avec nos relations tendues, voire délicates, je me trouve toujours une excuse pour ne pas ramener le sujet sur la table.

— Et le thème ? demande Faith, comme à chaque réunion.

— C'est juste une soirée dansante, Faith, soupire Ethan. Il n'y a pas besoin de thème.

— Quand Tyrone était président, il y avait toujours un thème, ronchonne-t-elle.

— Quand Tyrone était président, il explosait toujours le budget, s'agace Ethan.

— Choisir un thème ne coûte rien, lance Kaitlin.

— Oh, les filles, vous êtes gonflantes ! « Soirée lycéenne », ça vous va comme thème ? Maintenant, on reprend l'ordre du jour. Lee, à toi.

Lee est en charge de la décoration, moi, de la musique. Quand mon tour arrive, je propose mon idée :

— On pourrait créer un groupe en faisant appel aux musiciens du lycée. Je collerai des affiches pour qu'ils m'envoient des vidéos de leurs performances, on les sélectionnera après. Ça nous fera gagner du temps.

— Excellente idée, me répond Ethan.

Lee ronchonne parce qu'il a faim, je lui offre une barre de céréales.

— Ella, ma sauveuse.

— Appelle-moi Wonder Woman, s'il te plaît.

Ethan poursuit patiemment, sujet après sujet, jusqu'à épuisement des divers points, puis il lève enfin la séance. On s'envole vers la cafétéria comme une nuée de moineaux.

Halloween approche, les vitrines se remplissent de décorations. D'habitude, j'adore, mais pas cette année : j'ai trop de travail, trop de stress, avec en plus le malaise Amanda qui ne me quitte jamais.

Vendredi après les cours, papa accompagne Brad à un tournoi, ils reviendront tard le soir ; Lee et Rachel dînent en tête à tête avant d'aller au ciné ; les garçons de notre bande ont prévu une nuit blanche de jeux vidéo. Ils m'ont invitée mais j'ai refusé : j'ai envie de ma soirée « fille célibataire » pour me faire un masque, m'épiler les jambes, changer de vernis à ongles et regarder ma série préférée, vautrée sur le canapé du salon.

Je commence à me détendre, quand la sonnerie de la porte d'entrée me fait redescendre brutalement sur terre. *Merde.* J'ai une couche d'argile vert pomme sur le visage, les cheveux tirés en arrière et retenus par un bandeau rose bonbon, la peau des jambes à vif à cause de la cire chaude, et je suis en pyjama Winnie l'Ourson. Comment ouvrir sans paraître ridicule ?

Je devrais déjà vérifier si c'est Lee, après tout, lui est vacciné ; et si c'est Levi, ça lui fera une photo drôle à envoyer aux potes. J'avance en canard, sur les talons pour ne pas ruiner mon vernis, j'entrouvre la porte... et je la repousse aussitôt. Un éclat de rire fuse, une main se glisse dans l'entrebâillement : celle de Noah. Je n'en crois pas mes yeux, j'ai l'impression d'halluciner.

— Qu'est-ce que tu fous là ?

Noah, ici chez moi, pas à l'autre bout du pays. Noah, en veste de cuir, bottes noires et T-shirt blanc. C'est bien lui, plié en deux de rire devant le spectacle pathétique que je lui offre !

— Quel accueil, Shella !

Une fois qu'il est calmé, j'ai droit à son sourire à fossettes. Mon Noah est là.

— Tu as brûlé ta lingerie *Cinquante nuances* ? ironise-t-il encore. Où sont les pétales de rose et les bougies, s'il te plaît ?!

— Euh... je ne savais pas que tu...

Ses bras m'entourent la taille, ses lèvres s'écrasent sur les miennes. Je fonds comme une guimauve. La tension et l'angoisse des derniers jours disparaissent en un clin d'œil. Il m'enveloppe de ses bras, comme dans mes souvenirs. Ses baisers ont la même saveur. Mon Dieu que c'est bon.

— Bonjour, ma belle, murmure-t-il.

— Attention, tu vas être tout vert !

— Putain, ce que tu m'as manqué.

Je me colle encore plus à lui et reprends notre baiser. Quelles retrouvailles !

Dix minutes plus tard, j'essaye de me rendre présentable – j'enfile une mini-jupe, je retire mes couches d'argile et de cire. On s'installe dans le canapé, moi dans ses bras et sur ses genoux, à ma place. Noah ne s'est pas rasé depuis plusieurs jours, sa barbe me picote les joues, mais j'aime son look. Le bleu de ses yeux est plus électrique que jamais, ses prunelles ne me lâchent pas.

Il m'explique que ses cours de lundi ont été annulés. Quand il l'a appris, il a décidé de revenir en Californie pour me faire une surprise. Il est venu directement depuis l'aéroport, sa mère l'a déposé chez moi. Le fossé qui s'était creusé entre nous ces dernières semaines a joué aussi sur sa décision, Noah tenait à ce qu'on se réconcilie. J'avoue que la surprise est de taille, je ne m'y attendais pas du tout.

— Tu aurais pu sonner cinq minutes plus tard ! dis-je en mordillant son oreille.

— Pourquoi ? Shrek aurait manqué Princesse Fiona !

— Shrek n'a pas besoin de connaître les secrets de fabrication de Princesse Fiona, dis-je en caressant ses joues râpeuses. Tu m'as manqué, Noah.

— Tu m'as énormément manqué, surenchère-t-il. Tu es la plus belle, Ella, même avec des poils partout !

On s'embrasse encore, longuement, en prenant notre temps, comme pour graver les moindres détails de notre formidable baiser.

Un bruit de moteur de voiture interrompt cet instant magique. C'est papa qui ramène Brad. Je rajuste ma jupe, Noah me vole un dernier baiser juste avant que la porte ne s'ouvre avec fracas.

— Salut, Ella ! Salut, Lee ! hurle mon frère, boueux de la tête aux pieds.

Brad grimpe l'escalier quatre à quatre, sans nous regarder. Je suppose qu'il a reçu les instructions paternelles pour aller se décrasser.

Papa entre quelques secondes plus tard... et sa mâchoire se décroche en apercevant Noah.

— Mais ce n'est pas Lee ! s'exclame-t-il. Bonsoir, Noah. Quelle surprise de te voir.

— Oui, ça faisait trop longtemps ! Bonsoir, monsieur Evans.

— Comment vont tes études ? Ta mère dit que tu t'adaptes très bien.

— Oui, c'est super, je me suis fait de très bons amis, l'équipe de foot est géniale et mes cours sont passionnants.

Je tique un peu, la réponse de Noah me paraissant bien trop enthousiaste, comme s'il cherchait à enjoliver la réalité.

— Le seul point noir, c'est mon linge à laver ! ajoute Noah.

Là, je suis certaine qu'il n'exagère pas, les fils Flynn sont nullissimes en tâches domestiques ! On discute encore un moment, puis papa monte coucher Brad. Noah en profite pour me proposer de dormir chez lui.

— Tes parents ne diront rien ?

— Mais non. Tu as chez moi ta brosse à dents, ton déo et des affaires plein les tiroirs de Lee. Où est le problème ? demande Noah en glissant lentement la main sous mon T-shirt.

— Bah… c'est un peu différent maintenant, je dors dans ta chambre, pas dans celle de…

— T'inquiète ! répond Noah en m'embrassant sur le bout du nez. Mais si tu veux qu'on reste ici…

— Non ! Je suis prête dans deux minutes.

Je monte en vitesse préparer un sac (oui, même si j'ai « des affaires plein les tiroirs de Lee ») et je préviens papa en redescendant. Il ronchonne un peu.

— Papa ! Je dormirai dans la chambre d'amis.

(C'est un gros mensonge, surtout que j'ai mis une boîte de préservatifs dans mon sac.)

— Tu rentres quand ?

— Dimanche… Allez, papa, je n'ai pas vu Noah depuis la fin des vacances d'été.

— Tu as tes clés ? Ton chargeur de téléphone ?

— Oui, papa, et je t'enverrai un texto.

— Tes contraceptifs ?

Mes joues s'enflamment. Je prends la pilule depuis environ un an – plus pour réguler mes cycles que par réel besoin –, mais je suppose que mon père analyse la situation de la même manière qu'il considère ma consommation d'alcool durant les soirées : avec clairvoyance.

Il sait que ça va arriver et qu'il ne peut pas l'empêcher, il veut juste que je sois protégée.

— Je suis une adulte responsable, papa.

— Hier, tu hurlais des chansons Disney dans toute la maison.

— L'un n'empêche pas l'autre. Bisous, papa.

Rhooolàlà, mon père…

On trouve la maison Flynn silencieuse, mis à part le ronronnement du lave-linge dans la buanderie. Les parents de Noah sont à un anniversaire de mariage, ils ne reviendront pas avant demain matin, paraît-il. Et Lee est avec Rachel.

On ne s'en plaint pas.

La suite est un délicieux moment de retrouvailles plus approfondies, qui nous laisse étroitement enlacés, jambes mêlées, ma tête posée sur sa poitrine.

— Tu ne sens plus comme avant, dis-je en respirant sa peau.

Je retrouve son odeur corporelle agrémentée de son shampoing et son gel douche habituels, mais quelque chose a changé.

— Je ne fume plus, c'est peut-être ça.

— Tant mieux. En plus, tu fumais juste pour te donner un genre.

— Pas faux.

— C'était si important pour toi de jouer au bad boy ?

Noah soupire tout en jouant avec une mèche de mes cheveux.

— Toi et Lee, vous étiez trop petits pour vous en souvenir, mais j'étais harcelé à l'école primaire. Je ne voulais pas en parler à mes parents. Plus on me bousculait, plus la colère montait en moi. Au début du collège, ma mère m'a inscrit au kickboxing. J'ai découvert que je pouvais me défendre, alors j'ai commencé à rendre les coups.

J'ignorais tout cela. J'ai encore de nombreuses facettes de Noah à découvrir. Je le trouve plus calme, plus souriant, davantage posé et détendu en évoquant son passé douloureux. Quand on s'est disputés à propos de la photo, lui a gardé son sang-froid alors que j'ai perdu complètement les pédales.

— J'essaye de ne plus m'emporter à la première petite contrariété, Ella. C'est plus facile à Harvard, on est tous nouveaux. Mon passé ne me colle pas aux basques. Je peux me réinventer.

Il dépose une traînée de petits baisers sur mon ventre en remontant lentement ; je frissonne.

— J'aime le Noah d'avant et j'aime aussi celui d'aujourd'hui.

Je crois même que je l'aime plus que jamais.

— Si je me teins les cheveux en rose, tu aimeras celui de demain ?

— Idiot !

Noah roule sur moi puis déclenche une guerre de chatouilles qui me tord de rire. J'abdique au bout de trois minutes.

— Parfait. À nous deux ! murmure-t-il à mon oreille.

CHAPITRE 12

Cette nuit-là, je dors merveilleusement bien, ce n'était pas arrivé depuis des semaines. J'ouvre un œil vers dix heures, Noah est près de moi et regarde des vidéos sur Youtube. Un super réveil.

— Salut, marmotte !

Son baiser a un goût de dentifrice, je retiens mon haleine, au cas où.

— *Hum*, ça faisait trop longtemps, dis-je en m'étirant. Ça m'a manqué.

— Les vidéos du samedi matin ?

— Toi.

Son sourire s'étire. Il met son écran en pause, puis roule sur moi tout en faisant attention de ne pas m'écrabouiller. Je laisse glisser mes mains le long de ses bras musclés et appuie mes lèvres sur les siennes. L'euphorie monte en moi, pareille à celle du premier jour.

Comment ai-je pu douter de nous deux ? Il n'y a aucun problème, nous sommes en phase et parfaitement assortis. On a juste besoin d'être ensemble, c'est tout.

Le reste de la matinée s'écoule gentiment, tout est idyllique, douillet, calme. Je finis par me jeter à l'eau pour lui poser la question qui me turlupine depuis des semaines :

— Noah...

— Oui ?

— Euh... Bientôt, c'est la soirée du lycée. Tu rentrerais aussi pour m'accompagner à Sadie Hawkins ?

Il soupire, détourne les yeux. Sa réponse est claire. C'est précisément pour ça que je m'abstenais de lui demander : je craignais cette réaction.

— Ella, je le ferais si je pouvais, mais ce week-end était déjà exceptionnel. Je ne peux pas revenir pour une petite soirée de lycée. Le billet d'avion n'est pas donné et, normalement, je bosse mes cours et j'ai les entraînements de foot.

— Mais... j'ai vraiment envie d'y aller avec toi, et je déteste quand on ne se voit pas pendant longtemps. C'est dur pour moi, tu sais.

— Pour moi aussi, Ella. Tu me manques, mais je ne peux pas revenir à chaque fois que vous organisez une fiesta. Sadie Hawkins tombe juste avant Thanksgiving, et mon billet est déjà acheté pour la fête en famille.

Grand silence. J'essaye de me raisonner. C'est juste une danse à laquelle je ne participerai pas. « Une petite soirée de lycée ». Pas de quoi en faire encore un fromage. Noah me prend dans ses bras.

— Je reviendrais peut-être pour la fête d'été ?

J'enterre la hache de guerre en l'embrassant, même si je crève d'envie de partir en courant pour pleurer sur mon sort et me cacher comme une autruche.

Vers treize heures, on descend à la cuisine se préparer à manger. Lee est là, en train de s'empiffrer.

— Tu savais qu'il viendrait ? me demande-t-il.

— Non, et toi ?

— Hé, les clowns, je suis là, grogne Noah.

— T'entends, Shella ? poursuit Lee.

— Non, ta mère a laissé une fenêtre ouverte.

Noah a perdu l'habitude de nos conneries, il lève les yeux au ciel, puis ouvre le réfrigérateur.

— Où est le jus de pomme ? s'exclame-t-il.

— Y en a pas, répond son frère.

— Bordel, d'habitude y en a !

— Vu que tu es le seul à en boire, maman n'en achète plus, tu n'es plus là.

— L'oisillon est parti du nid, je murmure.

Noah sort le jus d'orange et nous sert deux verres.

— Et le bacon ? explose-t-il à nouveau.

— Maman nous a mis au régime, papa a du cholestérol, explique Lee, la bouche pleine.

— Je rêve, répond Noah, excédé.

— Il y a du blanc de poulet si tu veux.

— C'est pas pareil !

— Maman dit que si.

Certaines habitudes alimentaires ont peut-être changé chez les Flynn, mais pas les étincelles que font les deux frères ! Je m'amuse à compter les points.

Une fois le repas terminé, Noah annonce qu'on remonte regarder la télé dans sa chambre.

— Bah voyons ! se moque Lee. Et n'oubliez pas les préservatifs, hein !

Je pique un fard. Noah flanque une claque sur la tête de Lee en lui demandant de se mêler de ses oignons. Avant même d'avoir refermé la porte derrière nous, j'entends les claquements de langue suggestifs de Lee, qui est décidément très en forme aujourd'hui. Je bouscule alors Noah dans l'escalier et simule d'une voix haut perchée :

— Oh, oui ! Noah ! Encore ! *Hum,* c'est bon !

— Bande de dégueus ! hurle Lee. Faites ça au pieu !

— Noaaaah ! Ouiiii !

— Privée de Père Noël, Shella ! crie Lee.

— Je t'aime, bouffon !

— Complètement oufs, vous deux, marmonne Noah.

Je monte les marches d'une allure joyeuse, Noah me tape sur les fesses pour que j'avance plus vite et siffle en soulevant ma jupe.

— C'est bientôt fini les cochonneries ! s'exclame Lee.

On éclate de rire en se précipitant dans la chambre, où j'atterris sur le lit la première. Noah roule sur moi puis m'embrasse. Après ça, plus rien n'a d'importance, le monde peut s'écrouler.

En fin d'après-midi, je descends me préparer un café. Lee est parti chez Rachel, dont les parents sont absents, invités assez loin d'ici pour un mariage. Rachel lui a prévu une soirée hyper romantique qui devrait se poursuivre par LA nuit (celle où ils devraient enfin coucher ensemble).

Comme je remonte avec un mug plein à ras bord, j'avance avec précaution, sans bruit, parce que je suis pieds nus. Noah ne peut pas m'entendre, mais moi, si. Il est au téléphone. Le ton de sa voix m'interpelle, je tends l'oreille et m'arrête sur le seuil de sa chambre. Il est assis face à la fenêtre, la tête penchée en avant, et trifouille nerveusement sa tignasse.

Je retiens ma respiration.

Je sais que je ne devrais pas écouter, mais cette conversation précipitée m'intrigue.

— … oui, elle est chez moi… en bas… Quoi ? Bien sûr que non je ne lui ai rien dit. Pas encore… Non, ce n'est pas le bon moment… Oui, je sais, mais pas aujourd'hui, elle n'a pas besoin de… OK, OK, tu as raison. Arrête Amanda, je le ferai moi-même, ne l'appelle pas… Mais non, on s'en fout, ça ne veut rien dire, Ella n'a pas besoin de savoir…

Amanda.

Il parle de moi avec Amanda. Mon cœur se fige, le sang bat à mes oreilles, je suis même surprise que le mug ne me tombe pas des mains. Je m'en doutais, non ? Ce truc qui clochait entre nous, ce n'était pas seulement la distance, c'était…

Ce n'est pas le bon moment... Ella n'a pas besoin de savoir.

Je pousse la porte qui grince sur ses gonds, Noah se tourne vers moi.

— Et merde, faut que je te laisse. Je te rappellerai plus tard, dit-il en jetant son portable sur le lit.

Je préfère poser le mug sur la table de nuit, avant de renverser le café ou de le lui jeter à la figure.

— Tu parlais avec elle, c'est ça ? j'articule d'une voix tremblante.

— Tu écoutes depuis combien de temps ? *Mauvaise réponse, mec.*

— La fille de la photo, dis-je, incapable de prononcer son nom.

— Oui, Amanda, mais ne te fais pas de film sur...

— Vraiment ?

— Je te l'ai déjà dit, Ella ! Il n'y a rien entre Amanda et moi, je te le jure.

— Et comment je peux croire un mensonge pareil ?

Je titube, recule, ses mots me repoussent, les larmes brouillent ma vue, mais je ne veux pas pleurer, pas maintenant.

— J'ai tout entendu, Noah. Tu es venu ce week-end pour essayer de…

— Arrête de raconter des conneries, Ella.

— Je connais ta réputation.

C'est un coup bas, je l'avoue. Noah avait une réputation de don Juan, mais ne trompait pas ses copines. Je ne suis plus en état de contrôler quoi que ce soit, ça tourne en boucle dans ma tête. *Ce n'est pas le bon moment… Ella n'a pas besoin de savoir.* Mes jambes ne me soutiennent plus, j'ai l'impression d'avoir reçu un énorme coup de poing à l'estomac.

— Tu n'as pas confiance en moi, dit Noah d'une voix rauque.

Je suis en train de tout détruire, une petite voix intérieure me supplie d'en rester là, mais les semaines de stress et d'angoisse remontent à la surface d'un trait.

— Ben voyons, y a de quoi mourir de rire. Entendre ça alors que tu es jaloux dès que Levi s'approche à moins de cent mètres. La règle de fidélité vaudrait pour moi mais pas pour toi ?

— Amanda n'est pas une salope qui…

— Arrête de la défendre, c'est humiliant. Tout le monde a vu la photo, tout le monde sait que tu sors avec elle, tout le…

— Merde, Ella, calme-toi ! Je suis désolé pour cette photo, mais ouvre tes oreilles : il n'y a rien entre elle et moi, c'est juste une amie.

— Une amie dont tu oublies de me parler.

— Tu devrais être la dernière à être jalouse. Regarde-toi avec Lee.

— Ça n'a rien à voir !

— Et Levi ? Tu me le dis à chaque fois quand tu sors avec lui ?

Qu'est-ce que Levi vient faire là-dedans ?

— On a cours ensemble, reprend Noah, on bosse ensemble, c'est intense, c'est... tu ne peux pas comprendre.

J'ai l'impression de recevoir un coup de poing dans l'estomac. Amanda le comprend et moi, je suis trop bête pour ça ?

— Pourquoi tu l'appelais en cachette ? Qu'est-ce que je ne dois pas savoir ? Parce que si ce n'est pas ce que je crois, explique-moi.

Noah détourne le regard. Je suis anéantie. Je voudrais pouvoir le croire, mais si je ferme les yeux, je vois cette photo : elle, avec son bras autour de sa taille, ses lèvres rouges sur sa joue, et lui, un sourire jusqu'aux oreilles, la mine réjouie. *C'est intense.* Qu'est-ce que ça veut dire ? Rien de bon, vu ce que je ressens maintenant.

— Réponds-moi, s'il te plaît.

Silence. Je compte les secondes. Une, deux, trois, quatre, cinq, six. Je le fixe. Il baisse les yeux. Putain, il se passe quoi entre elle et lui ? Pourquoi ne peut-il PAS en parler ? Les secondes s'égrainent, j'imagine le pire. Des images horribles défilent devant mes yeux, elle et lui, ensemble dans un café, ensemble en cours, ensemble dans sa chambre... ensemble dans son lit. Mes jambes flageolent, j'ai la tête lourde. Ce n'est plus un fossé qui s'est creusé entre nous, c'est un gouffre. Le bonheur de sa visite-surprise s'est déjà envolé. Je ne sais plus qui se tient devant moi. Ce nouveau Noah, qui refuse de me parler et qui a des secrets m'est devenu étranger. Partir d'ici, loin de notre vie, l'a changé, comme je le craignais.

J'entends les mots qui sortent de ma bouche comme si c'était une autre qui les prononçait.

— Ça ne colle plus entre nous, Noah.

Son visage devient livide. Enfin, il réagit, mais je ne suis plus capable de le regarder dans les yeux, je fixe le bas de son jeans déchiré.

— Quoi ? dit-il d'une voix étranglée.

— C'est fini. Je n'en peux plus... je ne supporte plus ton absence, je hais toutes ces filles mignonnes et intelligentes qui se jettent dans tes bras et qui...

— Tu n'as pas confiance en moi.

— Je voudrais bien ! Mais tu n'es même pas capable de me dire la vérité sur elle... Tu appelles ça une relation de confiance ? C'est mort, oui.

Je suis épuisée, vidée. Noah n'a pas l'air d'aller mieux. Merde, qu'est-ce qui nous arrive ? Et Lee, comment prendra-t-il tout ça ?

— Ella, ne fais pas ça, s'il te plaît, murmure Noah.

— Alors explique-moi.

— Je ne peux pas... Ç'est compliqué, je...

Mauvaise réponse. Une de plus.

— S'il te plaît, Ella, on peut y arriver si on le veut tous les deux. Je t'en prie.

— Mais toi, tu ne veux pas, sinon tu ne me cacherais rien.

La vie de Noah a changé, il a fait du chemin en s'éloignant, je n'ai plus ma place auprès de lui, je suis même devenue un boulet. Et lui non plus n'a pas confiance en moi, puisqu'il refuse de clarifier la situation. Au lieu de me dire qu'il m'aime toujours et qu'il ne veut pas me perdre, Noah lâche un seul mot :

— OK.

Quelque chose se brise en moi. La douleur, que je croyais déjà au plus haut point, monte encore d'un cran. C'est trop, je suis incapable de le voir une seconde de plus.

— J'y vais.

Je ramasse mes affaires, la tête rentrée dans les épaules, le visage caché sous un rideau de cheveux. Noah ne fait pas un geste. J'hésite en passant sa porte : dois-je lui dire au revoir ? Je jette un bref coup d'œil vers lui : Noah me tourne le dos, poings serrés, muscles tendus. Non, je pars. Ce n'est qu'une fois assise dans ma voiture que la réalité me frappe de plein fouet. Nous avons rompu. J'ai rompu. Noah et moi, c'est fini.

Je démarre le moteur, je mets les essuie-glaces en marche, et me rends compte que ce n'est pas le pare-brise qui dégouline, mais mes yeux qui coulent. Je pleure tellement que j'ai du mal à me concentrer sur la conduite, ça devient dangereux. Je m'arrête deux rues plus loin et m'effondre sur le volant.

CHAPITRE 13

J'aimerais appeler Lee.

Je sais qu'il est avec Rachel pour leur grande soirée romantique et que je ne devrais pas le déranger. Ce serait égoïste de ma part de les interrompre. Il m'en voudrait à mort. J'hésite. Tant pis, j'appuie sur la touche de son numéro. Ça sonne, puis j'atterris sur sa boîte vocale. Tant pis et tant mieux.

Tout mon paquet de Kleenex y passe, celui que je garde dans la boîte à gants aussi. Je respire mal. J'essaye d'inspirer profondément pour déboucher mon nez et me calmer.

Bon Dieu, quelle connerie je viens de faire ?

Je pourrais téléphoner à Levi. On est amis, il acceptera de m'écouter. Il comprendra aussi, il est passé par de sales moments après sa rupture.

Pourtant c'est Lee que je veux. Mon meilleur ami. J'appuie à nouveau sur la touche, Lee décroche dès la première sonnerie.

— Bordel, Shella, t'as vu l'heure ?

Je renifle.

— Qu'est-ce qu'il y a ? Ella, parle, calme-toi.

— C'est fi-ni... je... j'ai rompu avec... Noah, je hoquette péniblement.

— Quoi ?

— J'ai rompu. C'est fini (gros sanglots, j'inspire). Je suis désolée de te déranger, Lee... Tu pourrais me parler juste dix minutes ?

— T'es où ?

— Dans ma voiture... Pardon, je ne savais plus quoi faire.

— J'arrive. Dis-moi où tu es garée...

« Rachel, désolé, je dois y aller.

J'entends Rachel demander ce qui se passe. Au ton de sa voix, je comprends qu'elle n'est pas ravie de mon irruption dans sa soirée.

— J'en ai pour une heure ou deux. Ella a besoin de moi. Je ne peux pas faire autrement.

— Quoi ? J'ai passé des heures à préparer ce dîner et toi, tu...

— Rachel, s'il te plaît, essaye de comprendre. Ella est ma meilleure amie.

— Et moi, je suis ta copine !

— Je ne t'ai jamais caché ma relation avec Shella. Elle fait partie de ma vie, j'ai grandi avec elle. Tu passes en premier depuis des semaines, mais ce soir, c'est normal que je...

— C'est un reproche ?

Aïe, aïe, aïe, je me déteste. Je n'aurais jamais dû appeler Lee.

— Non ! Je veux juste que tu comprennes pourquoi je ne peux pas la laisser tomber ce soir. Si tu ne peux pas respecter ça, c'est...

— Respecter ? le coupe-t-elle encore. On vient de coucher ensemble pour la première fois et je dois accepter que tu te barres en courant pour une autre fille ! Je sais que vous êtes proches, mais c'est juste... qu'elle est toujours prioritaire, même ce soir. Je ne sais pas si je peux continuer...

Merde ! Merde ! Je n'aurais JAMAIS dû téléphoner. *Deux ruptures en un soir, bravo, Ella.*

— Rachel, je t'aime et je suis désolé de te planter une heure ou deux pour aller aider ma meilleure amie.

Lee fourre le téléphone dans sa poche parce que j'entends des frottements, puis Rachel éclate en sanglots.

— Je te préviens, Lee Flynn, si tu t'en vas, ne...

Une porte claque. La communication s'interrompt. Dehors, un coup de tonnerre déchire la nuit, puis la pluie se déchaîne sur mon pare-brise.

Quel immense gâchis, cette soirée. Je fonds à nouveau en larmes.

Toc toc sur le capot de ma voiture. Je sursaute. Durant une fraction de seconde, je crois voir Noah, revenu pour me démontrer que tout n'est qu'un énorme malentendu. Une fraction de seconde seulement, car c'est Lee, trempé jusqu'aux os.

Je lui ouvre la portière et me décale sur le siège passager pour lui céder le volant. Son premier geste est de me serrer longuement dans ses bras, où je continue de pleurer à chaudes larmes sur sa belle chemise noire.

Dix minutes plus tard, quinze peut-être, je parviens à me calmer.

— Pardon, je n'aurais jamais dû t'appeler, j'ai gâché ta soirée. Rachel s'est énervée contre toi.

— Tu l'as entendue ?

— Oui, tu n'avais pas raccroché et ça n'a coupé que quand tu as mis le téléphone dans ta poche. Pardon, je suis dé…

Lee pose une main sur ma bouche pour m'empêcher de m'excuser encore une fois.

— Lee, tu viens de coucher avec Rachel et tu la plantes juste après à cause de moi.

— Oui, je sais, mais elle finira par comprendre. Tu avais besoin de moi, comment aurais-je pu t'abandonner dans un moment pareil ? On va aller s'acheter une glace, rentrer chez toi pour la manger tranquillement en regardant un film. OK ?

Je renifle, je tente un sourire à travers mes larmes, me mouche dans le dernier Kleenex encore sec. Je reste dans la voiture pendant que Lee fait les courses. Il revient dix minutes plus tard avec deux pots de Ben & Jerry's (mes parfums préférés), un grand sac de marsh-mallows, trois flacons de vernis à ongles, des masques pour le visage et une cartouche de mouchoirs en papier.

— Tout ça ? je m'exclame.

— Oui, bouffonne, je te connais !

Il n'y a personne à la maison quand on arrive. Papa a sûrement emmené Brad au cinéma. Lee nous prépare un saladier de pop-corn pendant que je reste les bras ballants, tétanisée, incapable de quoi que ce soit. Quand c'est prêt, il dispose le tout sur un plateau et m'entraîne pour qu'on s'installe dans ma chambre.

C'est encore Lee qui sort une couette et des oreillers du placard, qui télécharge *Bridget Jones* sur l'ordi, qui sert deux bols de glace. Qui d'autre aurait fait ça pour moi ? J'ai le meilleur des meilleurs amis du monde.

Noah s'en fiche, Noah a une copine qui l'attend. Je suis sûre qu'il n'a même pas versé une larme sur nous deux. Il est sûrement soulagé d'être enfin débarrassé de moi sans avoir eu besoin de s'expliquer. Noah est libre pour elle maintenant.

Lee ne pose aucune question, il attend patiemment. Ça aussi c'est digne d'un meilleur ami. Son sourire me réconforte, l'opération Lee-psy-consolation peut commencer.

CHAPITRE 14

Après *Bridget Jones*, après m'être empiffrée de crème glacée, sucreries, pop-corn au point d'être écœurée, après les flots de larmes versés au point d'avoir les yeux bouffis, je raconte ma triste histoire. Ensuite, je me glisse enfin sous la couette et commence à me détendre. Lee reste près de moi, transformé en gros nounours-oreiller.

Quand mon père rentre avec Brad, Lee gère la situation en descendant lui expliquer : on mange de la glace devant un film parce que j'ai « un coup de blues ».

Je m'endors, Lee aussi, le ventre écrasé par ma tête. On n'avait pas passé de nuit dans le même lit depuis nos treize ans, lorsque j'avais eu mes règles pour la première fois. Je sais que nous ne sommes plus des enfants, mais Lee ne fait aucune remarque.

Le lendemain matin, c'est la cavalcade de mon frère dans l'escalier qui me tire du sommeil.

— Papa, viens voir ! Il y a un garçon dans le lit d'Ella !

Lee s'étire en ronchonnant.

— Aïe, j'ai mal partout. Tu as un lit de fakir.

Mon père frappe à la porte.

— Oui, papa, entre. C'est Lee qui est resté hier soir.

— Bonjour, vous deux. Rochelle, tu aurais pu proposer la chambre d'amis. J'ai cru que Brad parlait de Noah.

— Pour ça, faudrait qu'ils soient encore ensemble, marmonne Lee en se frottant les reins. Ella avait besoin de réconfort, je ne serais pas resté autrement.

— Noah et toi avez rompu ? Qu'est-ce qui s'est passé ?

Papa n'a jamais apprécié ma relation avec Noah, pourtant sa voix est pleine de compassion. J'enfouis la tête dans mon oreiller.

— Ella, s'il te plaît, je suis ton père, explique-moi. Noah a rompu, c'est ça ? Il a rencontré quelqu'un d'autre ?

Je suis vexée qu'il croie que j'aie été larguée.

— C'est moi qui ai rompu, papa ! Ça ne marchait plus entre nous.

— Ah bon. Et tu vas bien ?

Je hausse les épaules sans répondre, les yeux voilés de larmes.

— Je te prépare des pancakes ?

J'accepte en ébauchant un sourire pour le remercier. Bien sûr, Lee reste pour le petit déjeuner. Il grimace en rallumant son portable éteint depuis des heures. Ma culpabilité envers Rachel revient au galop, même si je suis trop contente qu'il m'ait choisie hier soir.

— Aïe, ça craint ? je demande.

— Quatre appels et plusieurs textos de Rachel.

— Qu'est-ce qu'elle dit ?

— « Rappelle-moi quand tu as cinq minutes, j'espère qu'Ella va bien », « On doit parler », « S'il te plaît, rappelle-moi ». Pas un smiley, rien.

— Je suis désolée.

— Tu n'y es pour rien.

Si, c'est entièrement ma faute, je n'aurais jamais dû l'appeler. Cam, Dixon ou Levi auraient accepté de venir, nous le savons tous les deux. Pourtant, Lee continue de sourire. Je lui en suis reconnaissante.

— Tu vas faire quoi ? Tu veux que je lui parle ?

— Sans vouloir te vexer, Ella, je ne crois pas que ça m'aiderait beaucoup. Je vais lui acheter des fleurs et ramper par terre en les lui offrant ! Tu en penses quoi ?

— Que je dois arrêter de t'obliger à regarder mes comédies sentimentales !

On éclate de rire pour la première fois depuis hier après-midi. Je tremble rien qu'à ce souvenir. Je dois appliquer la méthode Coué en refusant de penser à Noah, à son horrible coup de fil, à cette fille qui...

Stop ! Stop ! Stop ! Je ne veux plus penser à la façon dont il lui parlait, à la façon dont elle l'embrasse sur la photo.

Je serre les dents, je ferme les yeux, je bloque l'image qui monte. Noah et Amanda. Noah et Amanda ! Je ne suis pas folle, s'il n'y avait pas eu quelque chose entre eux, elle n'aurait pas appelé en insistant pour... Stop ! Je dois arrêter de remuer la mélasse, cela fait trop mal. Je rouvre les yeux.

— Ça ne va pas ? me demande Lee.

— Moyen.

Mais je ne tiens pas à en reparler. Lee est au courant des moindres détails, y compris de la conversation téléphonique. Il a fait très peu de commentaires. Peut-être en sait-il davantage et préfère-t-il ne rien dire pour ne pas me faire souffrir ?

Après l'orgie de pancakes, Lee rentre se changer. Il m'appelle, à peine rentré chez lui.

— Il est parti.

— Pardon ?

— Noah n'est plus là, il a laissé un mot pour dire qu'il rentrait à Boston. Je dois prévenir mes parents ?

Je suis prise d'un vertige. Noah a donc sauté dans le premier avion tellement il était pressé d'annoncer la bonne nouvelle à Amanda : enfin débarrassé de moi.

— Oui, ce serait mieux, je réponds d'une voix blanche.

— Tu préfères aussi que j'en parle aux autres pour t'éviter d'avoir à le faire ?

J'y ai réfléchi, j'en parlerai moi-même à Levi, je ne veux pas qu'il l'apprenne par un texto groupé de Lee.

— Non, c'est bon, je le ferai. Tiens-moi au courant pour Rachel. Dis-lui bien que je suis désolée.

Je raccroche.

Bonjour ce qui m'attend pour la suite : la tête des parents Flynn, l'ambiance pourrie quand j'irai voir Lee, le parcours du combattant pour éviter Noah quand il sera là… Et, surtout, le gros point noir en vue : Thanksgiving. Chaque année, on le fête avec les Flynn (j'ai bien quelques cousins du côté de maman, mais ils vivent loin de la Californie, on les voit très peu). Sauf que cette année, avec la rupture, l'ambiance sera archi glauque…

Je décide d'écarter le sujet pour me concentrer sur mon dossier universitaire. J'ai besoin de canaliser mon énergie sur une tâche précise et utile. Juste avant de m'y mettre, je clique sur mon profil Facebook : je tiens à modifier la photo « Noah et moi cet été » que je remplace par « Lee et moi en train de souffler nos bougies » et changer mon statut « en couple » en « célibataire ».

CHAPITRE 15

J'avais déjà trouvé les rumeurs délirantes après la photo de Noah et Amanda, mais ce n'est rien en comparaison de ce qui m'attend ce matin. Le changement de statut sur Facebook n'étant pas passé inaperçu, j'ai déjà reçu plusieurs messages des habituelles curieuses, avides de détails croustillants, auxquels je n'ai pas répondu.

Lee marche près de moi comme un garde du corps, alors que j'avance la tête rentrée dans les épaules. Quand on rejoint notre groupe de potes, tout le monde paraît gêné, sauf Levi qui m'adresse un sourire encourageant. Il est au courant depuis hier après-midi. Il n'en croyait pas ses oreilles que ce soit moi qui ai rompu. Sa réaction m'a fait réfléchir, j'ai décidé d'une version « officielle » pour limiter les questions et les commérages.

— Salut, tout le monde. Pour votre info, Noah et moi, c'est terminé. La distance, tout ça, c'était trop compliqué.

Cam, Dixon, Warren et les garçons n'insistent pas, en revanche, je deviens le sujet de conversation n° 1 des filles.

— Paraît qu'il l'a surprise avec Levi, alors qu'il était revenu exprès pour elle. Une belle salope, cette nana.

— Non, c'est lui le salaud ! Il se tape la blondasse de la photo. Une fille dans chaque port, c'est bien son genre, à ce mec.

— Je l'avais dit que ça ne marcherait pas. Les couples à distance, c'est pour les vieux, pas à notre âge.

— Moi, je veux bien essayer avec Noah ! Il est libre, je vais lui envoyer mon numéro.

— Ce mec était trop beau pour Ella, c'est normal qu'il aille voir ailleurs.

— Mon cousin qui jouait au foot avec Noah l'an dernier m'a dit que ça merdait entre eux depuis la rentrée. De toute façon, il peut trouver tellement mieux qu'Ella, pourquoi se gêner ?

Etc. Je serre les dents, je n'entends que ce genre de conneries. J'ai l'impression qu'on décortique ma vie pour la mettre en lambeaux sur la place publique. Les nanas de mon lycée adorent les histoires de coucheries et de cocus. Le midi à la cafétéria, trois filles de seconde me fusillent du regard comme une condamnée à mort. J'en ai des nœuds à l'estomac, mais je continue de sourire, ce qui finit par leur clouer le bec.

— Ça va, tu tiens le coup ? me demande Levi.

— Oui.

De toute façon, je n'ai pas le choix, autant afficher une carapace sur laquelle glissent les ragots. Ils finiront bien par s'éteindre, non ? La journée se traîne en longueur, interminable, surtout une fois que Lee, sur mes conseils, prend ses distances pour être avec Rachel. Elle a été sympa avec moi, mais j'ai bien senti qu'elle m'en voulait encore pour sa soirée gâchée. Du coup, je m'accroche à Levi comme à une bouée, ce qui empire les rumeurs sur mon compte.

Épuisant.

Ce soir-là, réfugiée sous ma couette, je travaille tard sur l'ordi tout en jetant régulièrement des coups d'œil à mon portable. J'ai la migraine quand j'arrête à plus de minuit. Au moment de me coucher, je suis à nouveau prise de nostalgie et je vérifie tous les messages de mon téléphone. Noah m'envoyait toujours un texto pour me souhaiter bonne nuit... Évidemment, il n'y a rien. Mon cœur flanche. Déjà deux jours qu'il est sorti brutalement de ma vie, alors qu'il y était depuis toujours. Pendant la journée, ça va, parce que les copains me soutiennent au lycée. Quand je rentre à la maison, il y a Brad et ses jeux vidéo, mes devoirs, de quoi m'empêcher de penser. Mais seule le soir dans mon lit, la réalité resurgit brutalement. Je bloque les larmes qui montent.

C'est ma décision, mon choix. *Assume, Ella !* Si seulement c'était facile... Je me tourne et me retourne sous ma couette, sans trouver le sommeil. Tant pis, je me relève et rallume l'ordi. Autant avancer mon dossier universitaire.

Vers trois heures du matin, je décide d'arrêter, ça ira pour aujourd'hui... *Zut*, ma page Facebook est encore ouverte, c'est tentant... Allez, juste un petit coup d'œil pour voir. Je me sens ridicule d'être accro mais soulagée en ne découvrant rien de plus que la veille. Rien de neuf sur le profil de Noah.

J'éteins pour de bon cette fois-ci.

— Tu as vraiment des cernes de panda, me dit Levi à la bibliothèque, deux jours plus tard.

J'essaye pourtant de raser les murs, de garder la tête obstinément baissée sur mes bouquins pour éviter les regards pathétiques de Levi ou de Lee. Je veux surtout éviter qu'ils me demandent comment je vais. Rachel est toujours un peu froide, et Lisa en fait autant, par solidarité.

— Ta gueule, Levi.

— Pardon… euh, tu as l'air… un peu fatiguée.

J'ai même une tête d'enfer, les cheveux mal coiffés, un bouton d'acné qui est sorti et un sourire qui me crispe les mâchoires.

— OK, Levi, inutile de me le rappeler.

— Désolé. C'est à cause de Noah ?

— On peut dire ça.

— Il s'est passé un nouveau truc ?

— Tu vas me foutre la paix, oui ou merde ?

J'ai parlé trop fort, des regards convergent aussitôt dans notre direction. Putain, les mauvaises langues vont à nouveau se déchaîner. Qui disait que les années de lycée étaient les plus belles, que je l'étrangle ? C'est plutôt l'enfer sur terre, oui. J'ai beau garder la tête haute et ignorer les murmures incessants, c'est dur. Pourquoi les gens adorent-ils se mêler des affaires des autres et des miennes en particulier, hein ? Je deviens folle. Je ne peux même plus marcher dans un couloir avec Levi sans qu'on nous détaille de la tête aux pieds, comme des bêtes curieuses.

Et puis, il y a toujours le problème des dossiers universitaires, on dirait que je suis la seule à rester au point zéro. Lee a reparlé de Brown. Si je veux espérer y aller, mes notes doivent sérieusement monter, mais j'ai aussi l'impression que Rachel m'en voudra à mort de me retrouver entre eux deux. Impossible de compter sur Lee pour m'épancher, il passe son temps au foot ou avec Rachel pour continuer de se faire pardonner. J'avoue que je suis tellement au fond du trou que j'aurais besoin de Lee, mais je n'ose pas déclencher à nouveau une guerre nucléaire avec sa copine. Rachel compte pour lui, je suis un boulet en ce moment.

Je pourrais crier. Ou pleurer. Ou même les deux.

— Ella ? Tu es sûre que ça va ? insiste Levi.

— T'es bouché ou quoi ?

Oups, je suis nulle de m'énerver et j'ai la mémoire courte, c'est quand même Levi qui m'a ramenée quand Lee s'est montré si méchant. Levi ne dit plus rien, je l'ai vexé. Je ramasse mes affaires et sors. J'envisage un instant de sécher les cours de la journée, puis je décide que ce n'est pas une solution.

Quand Levi arrive dans la salle de classe, il évite mon regard, mais s'assoit à sa place habituelle. À la fin du cours, il se dépêche de sortir. Noah, Lee, Levi, tous les garçons qui s'approchent de moi finissent par me fuir.

La matinée passe dans un brouillard, j'essaye de me concentrer, je prends des notes, mais mon esprit est ailleurs : je revois en boucle la scène de la bibliothèque.

Le midi, j'achète un sandwich et hésite à me diriger vers notre table habituelle. Lee et Rachel y sont déjà. Rachel éclate de rire à propos d'une blague de Dixon. Lee discute avec Cam et Levi, deux amies du club théâtre sont assises à côté de Lisa. Warren et Oliver viennent les retrouver avec leur plateau. Je les regarde de loin. Je ne suis pas certaine qu'ils aient remarqué mon absence. J'aimerais que l'un d'entre eux lève les yeux et m'encourage. En temps normal, j'aurais été heureuse de les rejoindre, mais tout est tellement différent à présent. Mes relations distendues avec Lee, ma rupture avec Noah, la brouille idiote avec Levi... J'ai l'impression d'être de trop.

Aucun d'eux ne m'adresse le moindre signe. Je sais que je devrais arrêter de tout ramener à ma petite personne, ça ne fait qu'aggraver mon état de pauvre fille malheureuse... Tant pis, ce n'est pas mon jour. Je jette mon sandwich, puis sors de la cantine et erre pendant dix minutes avant d'aller m'enfermer dans les toilettes. Je tue le temps sur Candy Crush jusqu'à la reprise des cours. *Ella, tu n'es qu'une pôv' fille.*

En fin d'après-midi, Lee m'attend près de sa voiture.

— Ah, te voilà !

— Salut.

Je m'installe et claque la portière.

— Qu'est-ce qui te prend ? Tu n'es pas venue déjeuner et il paraît que tu as hurlé après Levi ?

— Ramène-moi, s'il te plaît.

Lee fronce les sourcils, mais n'insiste pas. Le trajet du retour se fait dans un silence de plomb. Je ne suis pas d'humeur, je suis crevée, je ne dors plus la nuit parce que je me rejoue la scène de l'horreur et toutes les conversations où j'avais l'impression qu'il me cachait quelque chose. Je n'arrive plus à me concentrer, personne ne me comprend, j'en veux à la terre entière. Lee n'est pas mon meilleur ami sans raison, il me connaît trop bien. Il se gare et coupe le moteur.

— C'est quoi ton problème, Shella ? Je sais que c'est dur, mais c'est quand même toi qui as rompu et c'est ce que tu avais de mieux à faire, vu qu'il te cachait des trucs. Tu l'aimes encore, mais il faut tourner la page et arrêter d'en vouloir à tout le monde. On ne t'a rien fait, nous.

— Ça n'a rien à voir avec Noah, je marmonne.

— Alors c'est quoi ?

— Je suis stressée, j'en ai ras le bol, je…

— Faut m'appeler, Shella, je suis là pour ça ! Comment je peux t'aider si tu refuses de me parler ? Je veux t'aider !

— Et moi, je ne veux pas te causer encore des emmerdes avec Rachel. Tu n'as pas besoin de me demander toutes les trente secondes si je vais bien. J'ai juste eu une semaine de merde, OK ? Je continue de me faire traiter de salope, mon dossier n'est toujours pas prêt, je n'y arrive plus.

— Alors dis-moi comment que je peux t'aider.

— Je ne sais pas !

— Tu veux rester seule ? Tu veux que je demande à Rachel ? Elle est hyper organisée dans le boulot.

Le problème, c'est que je ne sais pas ce que je veux. Je suis incapable de décider quoi que ce soit. Désemparé, Lee continue de proposer des remèdes.

— Je commande du chinois et on joue toute la nuit aux jeux vidéo avec les potes, OK ? Comme ça, demain on est trop cassés pour penser au boulot !

— Et Rachel ?

— Elle va au ciné avec des copines.

J'ai un peu les boules de ne pas avoir été invitée. Les filles me proposaient toujours de venir, mais tout a changé maintenant. J'aurais sûrement réagi comme Rachel à sa place, je ne peux pas lui en vouloir. Bref.

— C'est une super idée ! Si tu me promets de me lâcher la grappe et d'être normal avec moi.

— Parole de scout ! répond Lee en levant la main.

Une nuit blanche avec les garçons, ça fait longtemps qu'on ne s'en est pas fait une. On commence d'abord par manger. Cam parle de la soirée Sadie Hawkins, que j'avais complètement oubliée. Je dois absolument me trouver un cavalier, parce que j'ai décidé d'y aller pour les photos qui seront prises. Après, je ne me gênerai pas pour en mettre des tonnes sur mon compte Instagram : moi aussi, je suis capable de m'amuser.

Cam ronchonne parce que Lisa veut lui faire porter une cravate assortie à sa robe, elle veut que tout soit « parfait ». Le thème qui a été retenu est « rouge et rose », romantique à souhait, quoi. Pas pour moi, évidemment, mais je suis contente pour les couples.

— Qui est avec qui ? demande Lee.

— Moi avec Cassidy Thomas, répond Warren. Elle m'a laissé un mot dans mon casier.

— Mignonne, mais en matière de mecs, elle a des goûts de chiottes ! plaisante Dixon.

— Kaitlin m'a demandé, dit Oliver. Je crois que c'est parce qu'elle habite juste à côté de chez moi, je la ramènerai !

— Et toi, Dixon ? demande Cam. Qu'elle est l'heureuse élue ?

Bizarrement, Dixon rougit et baisse la tête, gêné.

— J'irai avec Danny, répond-il.

— Danielle Schrader ?

— Danny Parker, de l'équipe de basket.

Grand silence dans le salon. Dixon avec un garçon ? Comment se fait-il qu'aucun d'entre nous n'ait jamais deviné ? J'essaye de briser la gêne passagère :

— Ce qui compte, Dixon, c'est la couleur de vos cravates !

Il se détend, mais voilà que Cam remet les pieds dans le plat :

— Sans blague, Danny Parker ? Vraiment ?

— Désolé, j'aurais dû vous le dire avant, mais… c'est juste que… enfin, ce n'est pas…

— Je m'en tape que tu sois gay, bi ou ce que tu veux, mais Danny Parker, mec, y a mieux. Tu aurais pu demander à Joe Drake, il est franchement plus fun…

— Bref, parlons de toi, Ella, répond Dixon pour détourner la conversation. Il te reste une semaine pour trouver.

— C'est vrai, tu n'as toujours pas cherché ? s'étonne Levi, qui me reparle enfin.

— Euh... si, j'avais demandé à Noah, mais bon, c'est mort. J'irai non accompagnée.

— Et toi, Levi ? demande Warren, toujours curieux.

— Non accompagné aussi.

— Ah bon ? Pourtant j'ai vu cinq nanas venir te demander, je remarque, étonnée.

— Je sais, mais ça me va.

Je soupire. Si je dois aller à cette soirée, autant avoir un cavalier potable plutôt que d'être seule et larmoyante. Levi est sur le canapé entre Cam et Warren. Je viens me placer devant lui et mets un genou à terre. Lee est déjà mort de rire.

— Levi Monroe, me ferez-vous l'honneur d'être mon cavalier à la soirée Sadie Hawkins ?

C'est l'hilarité générale mais j'essaye de garder mon sérieux.

— Charmante demoiselle, quel honneur ! répond Levi avec une voix de prince consort.

— Dépêche-toi, j'ai mal au genou ! je grommelle.

— D'accord !

Je me relève trop vite, perds l'équilibre et renverse une assiette de riz cantonais. *Bravo, Ella, toujours aussi empotée.*

CHAPITRE 16

Mes relations avec Rachel sont redevenues à peu près normales, mais j'ai quand même une certaine réticence à la déranger. Mon problème, c'est que Lee ne décroche pas depuis des heures, et ne répond pas non plus à mes messages. Cela ne lui ressemble pas. Tant pis, je l'appelle.

— Allô ?

— Salut, Rachel, Lee est avec toi ? Il est aux abonnés absents. J'aimerais qu'il m'accompagne demain après-midi.

Maintenant que j'ai un cavalier pour la soirée Sadie Hawkins, je dois me trouver une robe. C'est devenu vital et Lee me doit toujours un milk-shake.

— Non, il n'est pas avec toi ? répond Rachel.

— Bah non, pourquoi il serait avec moi ?

— Parce qu'il a dit que vous passiez la soirée ensemble.

— Ah. Ce crétin m'a dit la même chose.

J'entends la respiration saccadée de Rachel, je transpire à grosses gouttes. Qu'est-ce que cet enfoiré a encore inventé ? Je consulte en vitesse Snapchat, puis Instagram, mais il n'y a rien de Lee.

— Sa mère est peut-être au courant ? suggère Rachel, sans conviction.

— Ça m'étonnerait, elle se plaint qu'il ne la prévient jamais de rien. Lee t'a dit quoi exactement ?

— Qu'il dînait chez toi avec ton père et ton frère, et qu'après vous feriez une soirée jeux vidéo.

Le gros mensonge. Je n'en reviens pas. Lee m'a expliqué pendant dix minutes qu'il emmenait Rachel dans un resto sympa pour continuer de se faire pardonner. Il nous a menti. Qu'avait-il de si important pour faire un truc pareil ?

— Ella, j'ai trouvé. Regarde la story Instagram d'Olivia.

Sur la première photo, on voit cinq fûts de bière dans un coffre de voiture. Sur la suivante, un selfie d'Olivia avec deux gars de l'équipe de foot. Il y a aussi une vidéo d'une soirée, chez Jon Fletcher, avec des filles de l'équipe des cheerleaders.

— Il nous a carrément menti, murmure Rachel.

— Je vais le flinguer. Je passe te prendre dans cinq minutes. On va chez Jon, j'ai deux mots à lui dire.

Rachel est dans tous ses états quand j'arrive. Elle renifle et répète tous les trente secondes : « Je ne comprends pas pourquoi il a menti. » Elle est complètement sonnée, la pauvre Rachel, et n'a plus aucune animosité envers moi. Ce soir, nous sommes unies. J'avoue que le comportement de Lee est nullissime.

Toutes les lumières sont allumées chez Jon, comme s'il y avait la fiesta dans chaque pièce. On entend des rires et des éclats de voix. Rachel hésite à entrer, mais finit par me suivre. On se diriges au bruit. Apparemment, un jeu vidéo est en cours dans le salon. Les gars du foot sont assis un peu partout devant l'écran géant. Cinq ou six filles, des pom-pom girls du lycée, sont présentes. J'aperçois Lee, écroulé dans un fauteuil, un verre à la main... et Peggy Bartlett à califourchon sur ses genoux. Lee glousse en jouant avec les longs cheveux de Peggy.

J'entends le cri de douleur de Rachel, puis elle repart. Aïe, dilemme : je cours après elle ou je fais la peau à Lee ? Quelqu'un crie alors :

— Hé, Flynn, v'là une de tes copines, tu nous avais pas dit que tu l'avais invitée ?

— C'est p-pas ma c-copine. Salut, Shella, bafouille-t-il.

— Il la saute juste de temps en temps, lance un connard que je n'identifie pas.

La moutarde me monte au nez. C'est quoi ce ramassis de mecs bourrés ?

— Lee ! C'est pour ces dégénérés que tu nous as menti ?

— Fous-lui la paix et rentre pleurnicher sur tes nounours, répond Benny Hope, un redoublant que je déteste.

— Dis pas ça, c'est la famille ! plaisante Lee.

Éclat de rire général. J'ai les joues en feu, je me retiens de ne pas partir en courant comme Rachel. Tous ces mecs bourrés sont à gerber.

— Lee, on s'en va. Lève-toi.

— Non, je m'amuse, tu devrais rester aussi.

— Tu ne crois pas que tu devrais t'excuser ? Rachel vient de partir en pleurant.

— Oh, ça va, j'ai bien le droit de m'amuser, ronchonne Lee.

— C'est vrai, lâche-le, renchérit Peggy, et puis, t'étais pas invitée, tu es trop chiante comme fille !

Nouvelle hilarité générale, Lee riant le plus fort. Une main bienveillante se pose sur mon épaule. Celle de Jon. Ouf, enfin un soutien.

— Une bière, Ella ?

— Fais pas ça, Jon, ma pote ne tient pas l'alcool ! lance Lee.

— Non merci, Jon, je suis juste venue chercher Lee.

— Il a bu comme un trou. Tu es en voiture ? Je vais t'aider.

Des voix grincheuses s'élèvent pour traiter Jon de vendu et moi, de rabat-joie.

— Lee a l'alcool mauvais, commente Jon.

Peggy me toise de la tête aux pieds avec un air supérieur quand Jon l'oblige à se lever. Je le paierais sûrement lundi au lycée, mais je m'en fiche. *Pfff*, je ne l'ai jamais aimée celle-ci. Jon doit aussi soutenir Lee pour l'aider à marcher, ce gros débile ne tient pas sur ses jambes.

— Lâche-moi, Fletcher, marmonne Lee.

— Tu es garée où ? me demande Jon.

— Au coin de ta rue. J'y arriverai...

Un truc me chiffonne. Comme Jon est le capitaine de l'équipe et qu'il a été sympa avec moi, je lui pose la question :

— Tu sais pourquoi Lee a préféré mentir plutôt que de parler de ta soirée ?

— Aucune idée. Et ce n'était même pas une soirée, seulement un verre entre potes. J'avais juste demandé de ne pas ramener tout le quartier pour éviter que ça dégénère, mais je ne lui ai jamais demandé de mentir.

— Merci. Je prends le relais maintenant.

Jon rentre chez lui. Lee s'assoit sur le trottoir en marmonnant des propos inintelligibles. Je préfère le laisser dessaouler un peu pour qu'il ne vomisse pas dans ma voiture. Rachel se tient à distance, elle n'approche pas même quand je lui fais signe. Je reçois un texto : *Je ne supporte pas de le voir comme ça. Parle-lui.*

OK, c'est à mon tour de rendre service.

— T'as sérieusement merdé ce soir, Lee, tu le sais ?

— T'es pas drôle. Pourquoi tu m'empêches toujours de m'amuser ? articule-t-il avec difficulté.

— Tu te souviens comment j'étais quand j'ai vu la photo de Noah avec Amanda ? Rachel vient de vivre la même chose.

— Pas vrai.

— Si. Grâce à Peggy. Sans parler de tes mensonges et de la cuite que tu tiens.

— Ella et Rachel, mes deux anges gardiens ! s'esclaffe-t-il.

— Arrête, c'est moche ce que tu as fait.

— Parce que toi, t'es parfaite ? La nana qui a menti pendant des mois parce qu'elle sortait avec mon frangin.

— Ça n'a rien à voir ! Tu es con ou quoi ? Rachel a tellement les boules qu'elle préfère t'éviter. Tu as un vrai problème avec cette équipe de foot. Si c'est trop dur d'être le petit frère de Noah, laisse-les tomber. Tu repousses tes anciens amis à cause de ce putain de club de foot. Tu repousses tout le monde, moi, Rachel, tu ne vas plus jamais au ciné avec Warren, Cam, Dixon ou Oliver. Merde, Lee, réagis !

Je le plante là, il est trop con. Moins d'une minute plus tard, je l'entends vomir. Comme Rachel attend toujours, j'en profite pour aller lui donner des nouvelles.

— *Hum*, je l'ai connu en meilleure forme.

— Il s'est excusé au moins ? sanglote-t-elle.

— Pas vraiment. Écoute, Rachel, prends ma voiture, rentre chez toi, je m'occupe de Lee.

Je viendrai la rechercher demain. Tu m'accompagneras acheter une robe ? Juste toi et moi, sans mec bourré !

— D'accord. Tu crois que j'ai fait un truc qui ne lui a pas plu ?

— Bien sûr que non, pourquoi tu dis ça ?

— Peggy...

— Il se contrefout de Peggy. Et il était trop bourré pour se rendre compte qu'elle était sur ses genoux. Lee ne te trompe pas, crois-moi, mais ce soir, il a dépassé les bornes.

— Merci, Ella. Tu m'envoies un texto quand tu es rentrée, d'accord ?

— Promis.

Je retourne près de Lee qui est vautré dans une mare de vomi. Oh là là. Je n'y arriverai jamais seule. J'appelle mon père qui décroche d'une voix endormie au bout de la quatrième sonnerie.

— Ella ? Qu'est-ce qui se passe ?

— Tu peux venir m'aider, s'il te plaît ?

— Tu as eu un accident ?

— Non, t'inquiète pas, moi ça va, mais Lee a beaucoup trop bu, il est malade à crever.

— Je me rhabille. Envoie-moi l'adresse par texto.

— Merci, papa.

Jon ressort avec une bouteille d'eau.

— J'ai vu que tu étais toujours là. Tu as besoin d'aide, Ella ?

— Mon père arrive, c'est bon. Rachel est rentrée avec ma voiture, c'était franchement dur pour elle.

— Il ne s'est rien passé entre Peggy et Lee. Elle aurait bien aimé, mais Lee n'a pas arrêté de répéter qu'il avait déjà une copine.

— Merci, Jon. Désolée d'avoir gâché ta soirée.

— T'inquiète. Salut, j'y retourne.

Je débouche la bouteille d'eau et la tends à Lee qui accepte de boire. « Ne dites rien à ma mère » est tout ce qu'il arrive à articuler quand mon père l'allonge dans la voiture. Je monte derrière, près de lui.

— J'ai mis une cuvette par terre au cas où.

— Non... je vomis plus... ne dites rien à ma mère, marmonne encore Lee.

CHAPITRE 17

Lee passe la nuit sur le canapé avec une bassine et une bouteille d'eau à portée de main. J'essaye de le veiller, malheureusement mes yeux se ferment sans que je m'en rende compte. C'est l'odeur du café préparé par papa qui nous réveille vers huit heures.

— Merde... merde, murmure Lee en réalisant où il se trouve.

— Tu l'as dit.

— Merde.

Je ne réponds pas. Qu'il réfléchisse à ses actes. On déjeune en silence. Lee dévore six tranches de pain et boit trois jus d'orange. Du côté de son estomac, tout va bien. Il se douche et s'habille avec un sweat que je lui prête. Voilà, il est déjà plus présentable même s'il a toujours les yeux injectés de sang. Il approche et s'effondre près de moi pour faire la paix, mais je le repousse.

— S'il te plaît, Shella, parle-moi. Je suis désolé que tu aies été obligée de t'occuper de moi. Pardon.

— Tu veux savoir pourquoi je suis fâchée, bouffon ? Parce que tu t'es servi de moi pour mentir à Rachel et que tu l'as blessée alors qu'elle ne méritait pas ça. Je comprends parfaitement ce qu'elle ressent parce que j'ai vécu la même chose quand Noah parlait au téléphone en cachette.

— Je sais... merde, je suis trop nul.

— Tu n'as rien d'autre à dire ? On est déjà passés par là, Lee, alors je te conseille de ramper si tu veux te faire pardonner, sinon je...

— Je rampe, Shella ! Je te vénère jusqu'à la fin de mes jours ! Maintenant, faut que je file chez Rachel pour...

— Non. Tu rentres chez toi et tu réfléchis. Rachel m'accompagne, on ne veut pas du mec qui a pris une cuite hier soir.

L'après-midi avec Rachel est sympa. Dès qu'on se retrouve, elle m'interroge sur Lee :

— Tu es certaine qu'il est sincèrement désolé ?

— Oui, mais rappelle-toi, on avait dit : pas d'histoires de mecs. Je te jure que ça me fera du bien...

Je comprends surtout maintenant pourquoi Levi a effacé toutes les photos avec son ex. C'est trop dur de revoir les instants de bonheur passés. De voir combien j'aimais Noah, ou plutôt, combien je croyais qu'il m'aimait. Moins j'y penserai, mieux je pourrai faire semblant d'avoir tourné la page.

— Pardon, Ella. Oui, pas d'histoires de mecs... On peut parler d'universités ou c'est aussi sur la liste noire ?

— Non, c'est bon !

— Ma mère voudrait que je présente Yale parce que c'est prestigieux, mais j'hésite. J'avais un cousin là-bas, on est allés lui rendre visite l'an dernier, mais bon... je ne me vois pas dans cette usine à diplômes.

— Prestigieuse ou pas, si tu es malheureuse pendant trois ans, ce ne sera pas drôle.

— Je sais, mais c'est Yale...

Je me souviens que Noah avait dit la même chose sur Harvard, quand le courrier d'acceptation était arrivé.

— Et toi, tu as décidé ? reprend-elle.

Je lui explique mes nombreuses hésitations, on discute même de Brown. Rachel écoute patiemment, me rassure en disant qu'elle sera « contente pour moi » si on se retrouve ensemble sur la côte Est, me donne des conseils pour mes lettres de motivation, et m'aide à trouver LA robe pour la soirée : rouge, évasée, avec une encolure carrée. Ça fera l'affaire. À vrai dire, je regrette un peu d'avoir demandé à Levi de m'accompagner, on est bons amis, mais je ne voudrais pas qu'il s'imagine des trucs, je n'ai pas du tout la tête à ça... Bref.

Pour une fois, Lee s'applique en passant des heures à présenter ses excuses à Rachel. Elle le laisse mariner un jour ou deux, avant de lui pardonner complètement. Ensuite, il débarque chez moi avec un sac rempli de donuts et me raconte que leurs retrouvailles au lit étaient fantastiques, ce qui me rappelle Noah et moi, évidemment.

Au lycée, l'effervescence monte à mesure que la soirée Sadie Hawkins se rapproche. Il y a un parfum de romance dans l'air et de l'amertume pour moi. Je ne compte plus le nombre de fois où j'ai sorti mon portable, prête à écrire à Noah pour demander de ses nouvelles, présenter mes excuses pour le bordel que j'ai foutu entre nous, proposer de discuter calmement à Thanksgiving.

Je surveille aussi son Instagram. Il ne poste quasiment rien. Pas comme Amanda qui est omniprésente sur les réseaux sociaux (je regarde son compte avec le téléphone de Levi). Elle semble sortir très souvent avec Noah... *Stop, Ella, tu as rompu, tu n'as pas le droit d'être jalouse, tu dois te réjouir pour lui, souhaiter qu'il avance et soit heureux.* Mais je n'y arrive pas. Il me manque trop, je regrette de l'avoir perdu. On était si bien ensemble à la fête de l'an passé...

Arrête, Ella. Tu es libre maintenant. Noah est libre, chacun fait ce qu'il veut de sa vie. Bien qu'en ce qui me concerne, je n'ai pas envie de lui trouver un remplaçant.

Nous y sommes : Sadie Hawkins. J'enfile mes escarpins, je marche en rond dans ma chambre pour les assouplir. Ils sont neufs, j'espère que je n'aurai pas d'ampoules. J'ai envie de danser, sauf les slows... c'est pour les couples. Mais imaginons qu'il se passe quelque chose avec Levi, est-ce que j'aimerais ou non ? Il est sympa comme ami, bien plus facile à vivre que Noah. Je ne me dispute jamais avec lui, et il est plutôt mignon comme mec... Ce sera quand même bizarre de danser des slows avec lui. Est-ce que j'aurais envie de l'embrasser ? Je n'ai jamais embrassé un autre que Noah. À ma plus grande honte, une petite voix me souffle que ce serait peut-être pas mal. Je me vois rougir dans le miroir. OK, on oublie, c'est ridicule de penser à un truc pareil alors que j'ai toujours le cœur en miettes. Je vérifie ma tenue dans le miroir et je rajoute un soupçon de mascara, c'est mieux.

— Prête ? me demande papa en entrant.

— Prête ! je réponds en tournant pour que ma jupe ondule.

— Tu es adorable… Noah ne sait pas ce qu'il manque.

— Papa ! C'est fini avec lui.

— Je ne suis pas aveugle, Ella, je vois bien qu'il te manque. Tu sursautes à chaque fois que ton téléphone vibre.

Je m'absorbe dans la vérification du contenu de mon sac à main. Rouge à lèvres, ticket d'entrée, clés de la maison, mouchoirs en papier. Et aucun message de Noah sur mon portable.

— Shella, tu peux me parler, tu sais.

— Il n'y a rien de plus à dire. La distance, les études, c'était trop.

— Tu es sûre qu'il n'y a rien d'autre ? insiste-t-il avec le regard de celui qui n'est pas tombé de la dernière pluie.

Lee aurait-il parlé d'Amanda à mon père ? De Brown ?

— Comme quoi ? je demande prudemment.

— Un autre garçon. Levi, par exemple. Vous avez l'air très proches.

— Mais non, papa ! C'est juste un ami.

— Bon. Est-ce que je peux quand même vous prendre en photo quand il passera te chercher ?

— Oui, parce que c'est toi !

Après la tonne de clichés de papa et le bombardement de questions sur le foot de Brad, Levi et moi partons enfin. J'avoue que mon cavalier est carrément mignon dans son costume noir ajusté et sa chemise rose. Pour une fois, il a discipliné sa tignasse bouclée, ça le change carrément, et il sent bon… mais on dirait qu'il a des paillettes sur une joue.

— Levi, tu es maquillé ou quoi ?

— *Argh !* C'est ma sœur qui a voulu m'aider. « Pour que les filles comme Ella aient envie de m'embrasser », il paraît !

— N'importe quoi !

J'espère surtout que je ne rougis pas comme une tomate. C'est une déclaration ou une blague ?

— Rebecca est persuadée qu'il me faut une copine pour remplacer Julie. C'était un peu sa grande sœur.

— Je reviendrai faire du baby-sitting, promis.

— Super, merci !

Le parking est déjà presque rempli quand on arrive, Levi doit tourner un peu avant de trouver une place.

— Tu es au courant pour l'*after* ? je demande. C'est chez Emma. Tu viendras ?

— Cam m'a fait suivre l'invitation. Pas sûr, mais si j'y vais, je ne reste pas trop longtemps, j'ai promis de rentrer tôt parce que, demain, il y a le spectacle de danse de Rebecca.

— Ta sœur fait de la danse classique ?

— Oui, c'est sa première année.

On entre dans le gymnase. Le buffet déborde de canapés, hot dogs et sandwichs. La décoration est réussie avec toutes ces guirlandes de ballons blancs, rouges, roses. Les lumières ont été remplacées par des spots multicolores posés dans les coins et des bougies sur les tables. L'ambiance est déjà top, tout le monde danse.

— Je rêve ! s'exclame Levi en m'attrapant le bras. C'est un stand à bisous, un vrai ? Waouh !

Les couples font la queue pour se faire prendre en photo juste en dessous. No comment. J'en suis incapable, cela me rappelle trop de souvenirs.

Ethan nous aperçoit et s'avance vers nous, tout sourire.

— Qu'est-ce que ça fout là ? je m'énerve en montrant le Kissing Booth.

— Sympa, non ? Et complètement dans le thème rouge et rose, me répond Ethan. Tout le monde adore !

— On y va ? me demande Levi, plein d'espoir.

— Sûrement pas.

Comme si j'avais besoin qu'on me rappelle un peu plus Noah, alors que j'ai déjà tant de mal à tourner la page. Entrer dans le Kissing Booth avec Levi serait un désastre.

— On danse ? je propose.

Quelques heures plus tard, je sors prendre le frais. La nuit est belle, sans nuages, on voit les étoiles. La soirée s'est très bien passée, sans aucun problème d'alcool (quelques profs veillaient au grain). Le groupe de musique a beaucoup plu, même les garçons du comité des fêtes se sont laissé tenter par une danse sur la piste. Le Kissing Booth a remporté un franc succès. Les potes ont réussi à m'entraîner dessous avec Levi. Je me suis détendue, du coup il y a une photo où Levi m'embrasse sur la joue, et une autre où il prend un air dégoûté alors que je tends les lèvres vers lui. Ça s'est passé très vite, on a bien rigolé. Après, comme je ne voulais pas rester pour le dernier quart d'heure des slows, je me suis éclipsée. Je ne tiens pas à me gâcher la soirée en pensant à Noah.

J'entends des pas s'approcher de mon banc. C'est Levi. Il s'assoit près de moi en desserrant son nœud de cravate.

— On dirait que tu as froid, me dit-il en retirant sa veste.

C'est vrai que je commençais à avoir la chair de poule, il est observateur. J'accepte sa veste et la pose sur mes épaules. Elle sent la lotion après-rasage, une odeur très agréable.

— Merci.

— Tu évites les slows, c'est ça ?

— Oui, il ne reste que des couples, c'est romantique, mais je n'ai pas très envie de voir ça.

— Je comprends. Moi, c'est ma première vraie soirée depuis que Julie a rompu.

— Elle te manque toujours ?

— Moins qu'avant. Mais je ne la vois plus du tout, ça aide. Pas comme toi avec Noah qui va venir pour Thanksgiving.

— Merci, j'essayais d'oublier !

— Pardon ! Je suis vraiment lourdingue comme mec… Tu danses ?

— Allez !

La musique est suffisamment forte pour arriver jusqu'à nous. Levi me prend par la taille, j'accroche mes mains à son cou, et on danse… c'est presque bien. Je ne peux pas m'empêcher de le comparer à Noah. Ses bras ne sont pas aussi forts, sa carrure pas aussi large. Il n'y a ni tension ni désir entre nous, mais quelque chose de doux, serein.

Le lendemain matin, je me réveille avec une fanfare qui tape dans mon crâne, j'ai mal à la gorge et des ampoules à tous les orteils. Quelle soirée ! Je me souviens de l'avoir terminée en pleurnichant sur l'épaule de Dixon et en racontant que Noah me manquait, que je haïssais cette salope d'Amanda d'être tout ce que je n'étais pas, et que je détestais tout autant Noah de m'avoir menti.

Finalement, je mérite mon mal de crâne.

Je suis rentrée avant le couvre-feu fixé par mon père. Je me souviens qu'il m'attendait dans le salon, il était content de voir que je tenais sur mes deux jambes.

Il est seulement neuf heures. Je me redresse avec précaution, j'attrape mon portable, je fais défiler les notifications. Il y en a une de Rachel avec des photos de Lee et moi en train de faire les idiots, et une autre avec Levi dans le Kissing booth. Plus je nous regarde, plus je nous trouve plutôt bien assortis. Je dessaoule direct en tombant sur les messages envoyés : juste avant celui que j'ai adressé à mon père, il y en a un… envoyé à Noah.

Tu me manques trooooop.

Bordel. Et c'est moi qui l'ai écrit. *Bordel de merde.*

Je vérifie soigneusement la boîte des messages envoyés pour voir l'ampleur du désastre… Il n'y en a qu'un, mais c'est la honte quand même. Envoyé à 00 h 24. J'étais dehors avec Dixon. *Bravo, Ella.* Noah l'a lu à 7 h 58 ce matin. Je fais quoi maintenant ? Il n'a pas réagi. Peut-être que je ne vaux pas une réponse ? J'envoie un mot d'excuses ou je fais comme lui, je l'ignore ?

Les doigts tremblants, je commence à taper « Ahah, j'ai vu ce que je t'ai écrit hier soir. Désolée, trop de bières après Sadie Hawkins ! » Je suis sur le point d'appuyer... Non, mon message manque de naturel. Et s'il n'y répond pas non plus ? Ou au contraire, s'il répond en disant que je dois l'oublier ? Ou même pire encore : s'il dit que je lui manque aussi ?

J'efface tout. On verra plus tard.

Je dois arrêter de penser à Noah, je dois à tout prix me débarrasser de ce manque de lui qui me hante. Je dois l'oublier, tourner la page, enterrer cette histoire.

Du coup, je me lève pour aller prendre une douche bien chaude.

CHAPITRE 18

Pour m'aider à chasser les pensées inter-
dites, je décide de m'occuper exclusivement
de MOI aujourd'hui à commencer par mon
dossier d'inscription. Cette journée sera peut-
être le jour J. Après un énorme petit déjeuner,
je suis d'attaque. Je relis ce que j'ai rédigé et
trouve ça complètement nul. Ça ne va pas du
tout, même. Quel examinateur aura envie de
m'accepter avec une lettre de motivation aussi
soporifique ? J'efface tout pour recommencer
à zéro, mais l'inspiration ne vient pas. Je
m'énerve, les larmes montent. Je pleure. Encore.
Je ne réussirai jamais à finaliser ce dossier,
d'ailleurs je ne sais même plus quelle filière
choisir… Je me croyais douée pour l'écriture
et la littérature, mais je suis incapable de
pondre trois lignes. Comment se projeter dans
des études supérieures ?

— Ella ? Ça ne va pas ?

Zut, j'avais oublié de fermer la porte, Brad m'a entendue pleurer.

— Fous-moi la paix !

Évidemment, ce démon entre au lieu de déguerpir. J'attrape un bouquin et le balance dans sa direction. Je rate mon coup, le livre fauche un pot de crayons qui se fracasse sur le plancher en éparpillant le contenu aux quatre coins de ma chambre.

— Hé ! Du calme, Ella, tu vas tout casser !

— Laisse-moi tranquille !

Je ne sais pas ce qui me prend, mais j'ai besoin de jeter ce qui est à ma portée pour me calmer les nerfs. Feuilles, magazines, rouge à lèvres, gomme, tube de crème, tout valse jusqu'à ce que Brad s'en aille enfin. Je me déteste, j'en ai marre, je n'aurais jamais dû dire que je voulais faire des études supérieures, de toute façon je n'y arriverai pas, je suis trop nulle pour ça.

La porte se rouvre quelque temps plus tard. Brad est là et me tend mon téléphone portable. J'ai dû le balancer aussi dans la bataille. Levi est là également.

— J'ai pensé que tu avais besoin d'un ami, dit mon frère. Lee ne décrochait pas, alors…

Levi ébouriffe les cheveux de Brad. Sacré frangin, je l'adore quand même.

— Ce n'est pas la grande forme, on dirait, murmure Levi en s'asseyant sur mon lit.

Je m'installe près de lui. Il me prend par l'épaule, je pose la tête sur la sienne. Ça fait du bien.

— Je n'arrive pas à écrire ma lettre de motivation, je ne sais pas quoi mettre dedans. J'ai envie de faire des études supérieures, mais je n'y arriverai jamais si je ne ponds pas cette foutue lettre.

— Allez, du calme. Ta vie entière ne dépend pas de l'an prochain. Moi par exemple, je n'irai pas. J'ai décidé de prendre un an de réflexion. J'en profiterai pour gagner de l'argent en travaillant. Hors de question de gâcher quatre ans si je m'oriente mal. Tu devrais y réfléchir aussi.

— Chaque fois que je m'assieds devant mon ordi pour écrire ma lettre, je me dis que je devrais me donner du temps.

— Mais ?

— Mais je ne veux pas rester à la traîne, toute seule, abandonnée.

Levi me dévisage puis comprend enfin.

— Lee, c'est ça ?

Bien sûr. Depuis plusieurs semaines, **Lee** travaille d'arrache-pied pour entrer à Brown, en bossant ses cours et le foot (d'ailleurs, plus personne ne le traite de « Petit Flynn »). Les potes autour de moi ont tous une matière forte qui les porte. Moi, je n'ai rien, j'ai même arrêté d'envoyer des CV pour des petits boulots.

— Oui, je réponds. Même si Lee est pris à Brown et pas moi, j'ai malgré tout envie de faire des études. Mais c'est vrai aussi que je suis morte de trouille à l'idée de me tromper de filière.

— On va regarder ensemble, OK ? Je vais t'aider pour ta lettre.

— Merci, Levi. Tu es le meilleur.

Levi reste jusqu'à l'heure du dîner. Quand il part, ma lettre est quasiment prête à envoyer, j'ai presque du mal à le croire. Je me sens beaucoup mieux et remercie Levi avec effusion, ce qui l'amuse.

— Tu vois, l'horizon s'est un peu dégagé, me dit-il, un sourire jusqu'aux oreilles. Si tu veux me renvoyer l'ascenseur, viens à l'aquarium avec moi demain. J'emmène Rebecca. Ce serait cool d'avoir un peu de compagnie.

J'avoue que l'idée de passer une journée au milieu des poissons me plaît bien. Levi vient me prendre à neuf heures le lendemain matin. Le trajet dure quarante minutes. Surexcitée, Rebecca est un vrai moulin à paroles. Elle me raconte une tonne d'histoires sur son cours de danse, ses répétitions pour Thanksgiving, son tutu et ses chaussons roses, ses copines d'école, ses copines aux scouts, la vente de cookies prévue à Noël, et patati et patata. Son enthousiasme est communicatif, j'aurais aimé une petite sœur comme elle. Levi n'essaye même pas d'intervenir dans cette conversation (ce monologue plutôt) de filles. Il sifflote avec la radio et me lance parfois un regard amusé dans le rétroviseur.

Aussitôt à l'aquarium, Rebecca nous tire par la veste pour voir les raies mantas. Il est pourtant encore tôt, mais ce pavillon déborde de visiteurs en couple ou en famille. Je suis un peu gênée d'être bousculée et collée contre Levi. Je dois avoir mon air de Calimero parce que Levi ne me lâche pas des yeux puis m'attrape par le coude.

— Ella, ça va ?

— Euh... oui, oui, très bien.

— Tu es sûre ?

— ...

— Tu penses encore à Noah ?

Pas vraiment, je me disais plutôt que c'était un peu bizarre d'être ici avec Levi et sa petite sœur, alors qu'on n'est pas en couple. Mais je trouve plus simple de lui répondre :

— Oui.

— C'est long, mais tu verras, tu commenceras à aller mieux. Je ne dis pas que tu l'oublieras, mais ça deviendra plus facile de moins l'aimer.

— Si tu hésites à devenir psy, lance-toi ! Tu es fait pour ce métier, Levi !

Il éclate de rire, puis Rebecca nous appelle à grands cris pour qu'on la rejoigne devant un aquarium. Au fil de la journée, je me détends et apprécie enfin le spectacle. Les méduses sont extraordinaires. Rebecca m'apprend un tas de trucs : « Tu savais qu'il existe près de mille cinq cents espèces ? Une méduse se reproduit toute seule. Si tu la coupes, tu en as deux. Et elles n'ont pas de cerveau, comme Levi ! » Elle lit à haute voix les panneaux d'informations, du coup, c'est difficile de ne pas s'intéresser ! Je surprends un petit sourire en coin de Levi.

— Quoi ?

— Vous êtes marrantes toutes les deux ! Ma sœur est super contente que tu sois là.

— Et toi, tu n'apprécies pas ?

— Tu sais bien que si, Ella.

Encore son petit sourire. Je devrais arrêter de le remarquer. Dans le tunnel aux requins, j'ai l'impression que Levi me regarde davantage que les énormes prédateurs qui évoluent au-dessus de nos têtes. Je dois faire un effort pour m'empêcher de vérifier, mais je sens son bras pressé contre le mien. Je commence à avoir des papillons au creux de l'estomac : ce n'est pas le regard d'un simple ami. Aïe, ça se complique. Rebecca se tient deux mètres devant nous, si je me tourne vers Levi je suis quasi certaine qu'il va m'embrasser... J'ai la gorge sèche. Je réalise soudain que j'ai envie qu'il m'embrasse. Mon portable sonne, ça résonne dans l'aquarium.

Zut, j'avais oublié de le mettre en mode silencieux, les gens me fixent d'un regard agacé.

C'est Lee.

— T'es où ? me demande-t-il dès que je décroche. Je suis passé chez toi, ton père m'a dit que tu étais avec Levi.

— Bonjour, bouffon. Oui, je suis à l'aquarium.

— Juste toi et lui ?

Je lance un regard du côté de Levi qui était peut-être sur le point de m'embrasser et que j'étais sur le point de laisser faire.

— Non, avec sa petite sœur.

— Aaaah bon, fait-il, rassuré.

— Qu'est-ce qui te prend ?

— Je te dirai quand tu rentreras.

— Non, tout de suite ! Y a un problème avec Rachel ? T'as encore fait une connerie ?

— Tout de suite, une connerie ! Mais non, je te dis que...

— Arrête, je te connais. Qu'est-ce qui se passe ?

— OK... ma mère a eu Noah au téléphone. Il rentre pour Thanksgiving... accompagné.

Je deviens aussi blanche que le requin qui passe sous mes yeux. Non, Noah ne ferait jamais ça, pas après ce qui s'est passé. C'est impossible.

— Son coloc ? Steve ou Dave, un nom comme ça.

— Non... il vient avec Amanda.

Mes poumons manquent d'air, mes oreilles bourdonnent, mes paumes de main sont

soudain toutes moites. Je suis prise d'un vertige et m'adosse à la paroi de verre. Je pensais
que mon cœur s'était déjà brisé en mille morceaux au moment de la rupture, mais il faut
croire que non.

— Shella ? Tu es toujours là ?

— Euh… oui.

— Ça va ?

— Non, ça va pas ! Ton frère sait parfaitement que je serai là, putain, comment ça pourrait aller ?

Je ne jure pas souvent, beaucoup moins que
Lee, ce qui lui donne une idée de mon état
d'esprit.

— Du calme, Ella, j'ai pensé que ce serait
mieux que tu le saches avant pour éviter la
mauvaise surprise. Non ?

— Oui, merci. Mais je n'arrive pas à croire
qu'il me fasse un coup pareil. Je sais bien
qu'on n'est plus ensemble et qu'il peut coucher avec elle autant qu'il veut, mais de là à
la ramener pour Thanksgiving. Merde alors,
quel salaud !

— Ella ?

Cette fois, c'est Levi que je n'ai pas entendu
approcher. Il me fixe avec des yeux interroga-
teurs. Je me concentre sur ce que me dit Lee :

— Si ça peut te consoler, il a dit à ma mère que c'était juste une amie.

— Arrête, on sait très bien que c'est archifaux.

— Bah non, on n'en a jamais eu la preuve, justement, tente Lee.

— Tu défends ton frère ? J'ai tout inventé, c'est ça ?

— Mais non… Appelle-moi quand tu seras rentrée, je viendrai chez toi, d'accord ?

— OK.

— Et dis bonjour à Levi de ma part.

Je raccroche, les yeux voilés de larmes. Levi attend que je lui explique.

— Noah ramène Amanda à Thanksgiving, je murmure.

— Et merde.

J'ai la même conversation avec Levi, Lee et maintenant avec mon père. J'ai besoin d'en parler. Pour la première fois depuis la rupture, je raconte à papa comment ça s'est vraiment passé, je suis trop furieuse pour continuer à jouer la comédie.

— C'est quasiment à cause d'elle qu'on a rompu, alors la ramener sous mon nez un mois plus tard, c'est de la provocation, je répète pour la énième fois.

— Lee ne t'a pas dit qu'ils étaient seulement amis ?

— *Pfff*, c'est du pur mensonge, c'est ce que Noah a dit à sa mère. Moi, j'ai entendu la conversation qu'il avait avec cette fille. Ils sont ensemble, c'est évident. Elle est hyper mignonne, et hyper intelligente, tout ce que je ne suis pas. C'est le genre de Noah.

— Ella, je sais que je ne suis qu'un vieux croûton, mais si je peux encore te donner un conseil, c'est de tourner la page Noah. Ça n'a pas marché entre vous, à toi de lui montrer que tu as avancé.

— Justement, non.

— Et tu voudrais qu'il le sache ?

Je n'y avais pas réfléchi. Ce n'est pas parce qu'on a failli s'embrasser avec Levi que j'ai tourné la page avec Noah. Papa a raison, est-ce que j'ai envie de montrer à mon ex que je suis au fond du trou ? Du coup, cela signifie que je dois être capable de saluer Noah et Amanda, de dîner à la même table qu'eux, comme si je me fichais royalement qu'ils soient ensemble. J'aurais au moins le plaisir de voir la tête de Noah quand il constatera que je ne lui cours plus après.

— Non, je n'ai pas envie.

— Alors, fais cet effort de façade, cela t'aidera à tourner la page, conclut papa.

Peut-être.

CHAPITRE 19

— Je devrais peut-être me chercher un nouveau copain ? Pas une relation sérieuse, mais suffisamment quand même pour l'inviter à Thanksgiving, j'explique à Lee, la semaine suivante.

— Bof. Je sais que tu te sens trahie, mais tu penses trop à te venger. Tourne la page, Shella, cette histoire t'empêche de vivre.

— J'essayais de la tourner ! Pourquoi il ramène sa copine sous mon nez, hein ?

Je fais une fixette sur Noah et Amanda, main dans la main, assis en face de moi à la table des Flynn. Ce que je hais le plus dans cette image c'est qu'ils ont l'air d'être faits l'un pour l'autre. Et je n'arrête pas non plus de penser au baiser manqué avec Levi.

— Tu préférerais le voir seul en sachant qu'il est avec elle ?

— Oui… non… je ne sais pas. C'est juste que ça fait super sérieux comme relation. Je ne peux pas m'ôter de la tête que leur histoire a commencé quand on était encore ensemble.

— Il y a un truc qui est sûr et certain, c'est que Noah ne t'aurait jamais trompée. Il était vraiment fou de toi.

— Peut-être, mais ils devaient déjà se tourner autour. Il est venu vérifier qu'il y avait encore quelque chose entre nous… ce qui n'était plus le cas, du coup il a…

— Ella, tu te fais des films. Arrête !

On se sépare à l'entrée du lycée. Je sais qu'il a raison, que je devrais me calmer, tourner la page, m'empêcher de broder des scénarios, mais la vérité, c'est que je suis toujours amoureuse de Noah. Ça m'empêche de lâcher prise.

À quelques jours de Thanksgiving, Levi se transforme à nouveau en pompier-psy-consolateur.

— Je suis sûr que tu te fais une montagne alors que tout va bien se passer. Tu as eu le temps d'y réfléchir, de vivre la scène dans ta tête, si bien que, quand tu les verras ensemble, ça ne te fera ni chaud ni froid. Au contraire, ça t'aidera à tourner la page.

— Nooon ! Elle est parfaite, pas comme moi.

Avant-hier soir, avec Rachel, on a regardé le profil de Noah sur Facebook et sur Instagram. J'avais résisté longtemps, mais j'ai fini par craquer. Il a toujours le statut de célibataire, ce qui ne veut rien dire, puisqu'il est avec Amanda. Il y avait de nouvelles photos de soirées avec des commentaires du genre « génial », « merci les potes », « une teuf fantastique ». Amanda apparaît très souvent. Ils ne s'embrassent pas mais sont toujours collés ensemble, comme un couple. Elle est mille fois mieux que moi. On dirait une gravure de mode, toujours parfaite, même quand elle est photographiée à son insu avec les yeux mi-clos ou la bouche ouverte.

C'est trop injuste. Quand je le dis à Levi, il se contente de hausser les épaules.

— Elle est peut-être super chiante.

Je croise les doigts, mais ça m'étonnerait.

Mi-novembre, plus que quelques jours avant Thanksgiving. J'ai recommencé à pratiquer la méthode Coué pour m'empêcher de penser à l'ex et sa (probable) petite amie parfaite qui ne va pas tarder à débarquer sous mon nez. Le côté positif est que je suis à fond dans la finalisation de mes dossiers universitaires. Levi m'a aidée et Rachel a relu ma lettre.

J'ai discuté avec mes profs, ils m'ont convaincue de présenter Brown en plus des universités que j'avais sélectionnées. Si je suis prise, je serai avec Lee. Je ferai aussi une demande à l'UC San Diego.

Le dimanche avant la date fatidique, Rachel et moi, on s'organise une après-midi filles. Coiffeur, esthéticienne, manucure. On ne l'a pas fait depuis un bout de temps et j'en ai besoin avant le face-à-face avec le couple Noah-Amanda. Et puis, je garde mes distances avec Levi. Je préfère ne pas traîner avec lui s'il a une idée derrière la tête, alors que moi, je pense toujours non-stop à Noah.

— Tu te sens comment ? me demande Rachel quand on s'installe enfin pour un café.

— Je n'y pense pas, alors ça va. Si Noah espère me voir craquer, il sera déçu, je ne lui ferai pas ce cadeau. Je mérite mieux que ce mec capable de se remettre aussi vite en couple.

— J'avoue que c'est incompréhensible. Il était vraiment amoureux de toi, personne n'en doutait. Du coup, je me dis comme Lee : ils sont peut-être seulement amis.

— Une amie serait restée dans sa famille pour Thanksgiving. Si elle vient, c'est qu'elle est plus que ça.

— C'est vrai, soupire Rachel. Du coup, je ne pige pas. Cette fille ne peut pas compter autant que toi. Ça ne durera pas.

— Tu crois ?

— Oui.

Je lis dans ses yeux qu'elle n'en est pas si convaincue. Je préfère changer de sujet :

— Comment ça va avec Lee ?

— Super bien ! J'espère qu'on sera pris à Brown. Toi aussi, Ella, parce que Lee fonctionne mieux quand tu es là ! (Je ne sais pas comment je dois prendre cette remarque, du coup, je ne relève pas.) C'est fou, on est ensemble depuis seulement quatre mois et j'ai l'impression qu'on se connaît depuis toujours. Je suis heureuse avec lui.

— Génial.

Génial. Je suis tout de même un peu jalouse. Depuis qu'ils sont « passés à l'acte », Lee a tenté de me confier des détails intimes. Mais je l'ai arrêté : faut pas exagérer.

— Et toi, Ella, tu n'as personne en vue, puisque tu tournes la page ?

— Pas vraiment. Il y a plein de mecs sympas, mais…

— Pas au point de remplacer Noah, conclut Rachel.

— Voilà.

— Même Levi ? s'enthousiasme soudain Rachel.

Je me fige. Ma bande de potes aurait-elle remarqué quelque chose ?

— Pas du tout !

Le dernier truc dont j'ai besoin, c'est que Rachel raconte à Lee que ça progresse entre Levi et moi.

— Vous êtes pourtant hyper proches.

— On ne sort pas ensemble si c'est ce que tu veux savoir.

— Tout le monde est persuadé que c'est une question de jours !

— N'importe quoi. On ne sortira jamais ensemble. Je suis très souvent avec Levi parce que Lee est avec toi. Il compense son absence.

— Ah oui ! Et tu es sûre que Levi pense comme toi ?

Hum. Bonne question. Il y a eu le slow à Sadie Hawkins, ses nombreuses attentions pour me remonter le moral, ses regards appuyés à l'aquarium.

— Ella ?

— Bien sûr, qu'il pense comme moi.

Rachel n'a pas l'air plus convaincue que je ne le suis.

Je lui propose de venir chez moi pour m'aider à choisir la tenue de Thanksgiving, comme ça je ne passerai pas trop de temps là-dessus.

— Une tenue qui dise « Je suis bien dans mes baskets, je n'en ai rien à faire de vous ».

— Et qui dise « Regarde ce que tu perds, Noah ! », ajoute Rachel.

— Voilà !

Je sors une première robe achetée l'an dernier, mais la grimace de Rachel répond à la question. Elle écarte ensuite un chemisier trop échancré et qui moule les seins.

— Trop osé pour Thanksgiving.

La sélection se poursuit. Trop décontracté, pas de saison, trop strict, déchiré. J'extirpe du fond de l'armoire une robe que j'avais oubliée.

— Elle est parfaite ! s'exclame Rachel.

Le tissu est fluide, rouge foncé, il y a une encolure ronde, des manches trois quarts, une jupe avec des plis serrés qui donnent une forme évasée au-dessus des genoux.

— Tu crois ?

— Avec des ballerines et des boucles d'oreilles assorties, Noah va en baver de regret.

— Alors, c'est parfait !

CHAPITRE 20

Je lisse les plis de ma robe avec mes paumes moites, j'inspire profondément pour évacuer le stress. Pourtant, j'allais très bien ce matin, tellement bien que j'étais convaincue que la page était tournée. Mais depuis que je suis chez les Flynn et que Matthew est parti à l'aéroport chercher Noah et sa copine, je flippe, enfermée dans les toilettes.

Je sors mon portable et regarde les messages. Rien de nouveau depuis celui de Levi qui me souhaite bon courage. C'est crétin, mais j'espérais un petit geste de Noah. Pas d'excuses ou de confirmation qu'Amanda n'est rien pour lui, non, mais un petit mot comme « je voulais juste te dire que je viens avec Amanda ». Ça aurait été la moindre des politesses, non ?

On tambourine à la porte, je sursaute.

— Shella, sors.

J'ouvre. Lee me regarde avec pitié. Je me force à sourire.

— Courage, tu vaux mieux que lui, oublie ce connard.

— Oui.

— T'es hyper mignonne en plus. Je me demande comment il a pu te laisser pour une blondasse à serre-tête et chaussures vernies.

— Merci, Lee. Tu sais toujours comment me faire rire.

— Toi et moi, on est jumeaux, c'est comme ça. Si j'étais une gonzesse, on aurait nos ragna-gnas le même jour !

Lee me fixe avec un grand sourire et des yeux pétillants. J'éclate de rire et le serre dans mes bras. Il est devenu super baraqué avec l'entraînement de foot. J'ébouriffe ses cheveux pour le plaisir, il pousse des cris de gorets.

— Au secours ! Pitié, Ella, mon brushing !

— Tu iras voir Rachel après le déjeuner ?

— Seulement si tu vas bien.

Maureen, une vieille tante de Lee, nous interrompt :

— Hello, la jeunesse, les toilettes sont libres ? demande-t-elle avec un clin d'œil mali-cieux.

Maureen est persuadée depuis toujours que Lee et moi finirons ensemble avec une ribambelle d'enfants. Elle le répète à chaque Noël.

On redescend à la cuisine pour aider June. C'est un chef, son repas de Thanksgiving est toujours à tomber par terre. La famille Flynn est presque au complet avec les grands-parents paternels, tante Maureen, oncle Pete et sa nouvelle femme Linda (qui a dix ans de moins que lui). Cette année, les enfants de Pete sont chez leur mère. Du côté maternel, il y a la grand-mère, tante Rose et oncle Colin avec leurs enfants, Hilary (quinze ans, en pleine phase gothique) et Liam du même âge que Brad. Ces deux-là sont trop contents de parler jeux vidéo. En résumé, Thanksgiving, c'est la grande affaire de l'année chez les Flynn, encore plus que Noël.

Comme la cuisine est noire de monde, je ressors. Linda s'approche de moi.

— Il paraît que c'est fini entre Noah et toi ?

— Oui.

— C'est peut-être mieux comme ça. Quand j'étais étudiante, j'avais un copain qui vivait à quatre heures de route. On n'avait ni Facebook ni Skype. On a essayé de continuer un peu, mais ça n'a pas marché. C'était trop dur.

— Désolée. (Je ne sais pas quoi dire d'autre.)

— Pas de quoi. Si ça peut te rassurer, on finit par s'en remettre. C'est la vie.

— Merci, Linda.

— Mais c'est quand même un beau salaud de ramener sa nouvelle copine, murmure Linda. Ne le répète pas à June !

— Promis.

— C'est quoi ces messes basses ? demande Pete en débarquant dans la conversation.

— Des trucs de filles ! lui répond sa femme.

J'entends alors le crissement des pneus dans l'allée. June jaillit de la cuisine, tout sourire, prête à accueillir les arrivants. Matthew entre le premier, Noah suit, *elle* est derrière.

Ma première pensée est pour Noah qui a l'air en grande forme et encore plus beau. Il a laissé pousser sa barbe. J'adore. Il fait plus mature, plus homme. Son style de vêtements est différent aussi, plus chic, recherché. Je ne l'ai jamais vu habillé avec autant de soin, sauf quand il m'accompagnait à la soirée de l'été.

— Mon grand ! Viens là que je te serre dans mes bras ! s'exclame June, sous le charme.

Une fois les embrassades mère-fils terminées, Noah lui présente Amanda qui est plus grande que ce que j'imaginais. Elle a du rouge à lèvres rose bonbon et les yeux artistiquement maquillés. Un top-modèle en pull cachemire, avec d'adorables ballerines et un sac à main de marque française. Le comble du chic.

Elle est sublime. Je la déteste encore plus.

— Amanda, enfin ! Noah nous a tellement parlé de toi ! dit June en l'embrassant chaleureusement.

Ah oui ?

Je lance un coup d'œil à Lee, qui garde obstinément le regard braqué droit devant lui. Lee a toujours soutenu que Noah ne racontait rien sur Amanda. J'ai maintenant le sentiment que c'était juste pour m'épargner.

— Merci beaucoup de m'avoir invitée, madame Flynn. J'adore votre maison, tout est adorable ici !

Bon Dieu. Une Anglaise à l'accent reine d'Angleterre. En levant les yeux au ciel, mon regard accroche celui de Noah. Ses yeux bleu électrique sont vissés sur moi, son visage est impénétrable, comme celui d'un sphinx. Je l'énerve déjà ? Je lui manque ? Il ne sait même plus qui je suis ?

Plus je soutiens son regard, moins j'ai envie de savoir. J'abandonne le combat et m'échappe dans la cuisine pour éviter les présentations avec Amanda. Elle n'a qu'à faire connaissance avec la famille de Noah, ça l'occupera un moment.

Lee me rejoint presque aussitôt.

— Courage, Shella, je suis avec toi.

Je cligne des yeux à toute vitesse pour être certaine de ne pas pleurer. Je me suis juré de ne verser aucune larme à cause de Noah aujourd'hui.

Je pensais que j'y arriverais, je m'étais convaincue que j'en étais capable. Mais s'habituer à l'idée que Noah soit avec une fille, c'est plus dur que de *voir* Noah avec cette fille : ça fait plus mal encore.

— Tu dois juste tenir le coup pendant le repas. Leur montrer que tu t'en fiches. Elle va gamberger en voyant que tu fais totalement partie de la famille. Et après, on se barre d'ici, je t'emmène faire un tour.

— Tu devais aller chez Rachel.

— Pas si tu as besoin de moi.

June entre dans la cuisine, plus moyen de parler.

— Lee, va dire bonjour à Amanda, s'il te plaît.

Dès qu'il est sorti, June me prend par les épaules. Elle a été très gentille avec moi après la rupture, en disant que cela ne changeait rien et que j'étais éternellement la bienvenue.

— Ça va aller, ma grande ?

— Je survivrai.

— Elle a l'air très sympathique.

— C'est bien le pire.

— Noah m'a répété qu'ils sont juste amis.

— Je sais, mais j'ai du mal à le croire... je peux t'aider ici ?

— Non, Ella, tout est prêt ! Va au moins la saluer, je ne t'en demande pas plus. Tu m'aideras plus tard.

Et merde.

Je placarde mon sourire le plus faux cul sur mes lèvres et je retourne dans le salon. Amanda salue l'oncle Colin, Noah est à l'opposé avec Brad et Liam.

Go. Quand faut y aller, faut y aller.

— Euh... salut, moi c'est...

— Ella ! s'exclame-t-elle avec son bon Dieu d'accent parfait. Je suis trop contente de te rencontrer, j'ai tellement entendu parler de toi !

Et elle me fait la bise.

La bise. Elle. À moi.

Je suis tellement choquée que je reste les bras ballants. J'aperçois Noah qui nous regarde, mais cette fois-ci, il détourne très vite les yeux, mal à l'aise apparemment.

On est deux.

Amanda continue de s'extasier.

— On va enfin pouvoir papoter, Ella ! Comment vas-tu ? reprend-elle.

— Bah… bien, merci.

Ma carapace de protection je-suis-au-top-malgré-ce-que-tu-m'as-fait-salope craque d'un coup, je ne sais plus qui je suis. Elle me fixe avec son sourire de star, je ne sais pas quoi faire d'autre que de sourire bêtement en retour.

— Ton vol… ça s'est bien passé ? je bafouille.

— Génial ! J'ai dormi pendant tout le voyage. C'est mieux pour moi, j'ai un peu peur en avion, ajoute-t-elle avec un rire de Fée Clochette.

— Ah. Zut alors.

— Noah pourra te raconter, j'étais affreuse pendant tout le décollage. C'est pour ça que j'ai choisi une université près de chez mes parents. Ils habitent Boston.

— Cool.

— Et toi ? C'est pour l'an prochain, tu as fini tes dossiers ? J'étais hyper stressée l'an dernier, c'était complètement dingue !

Je me force à rire. Je suis tellement sonnée que je lui énumère les universités que j'ai choisies. N'importe quoi. Je suis en train de lui parler comme à une copine. Comme si ce n'était pas à cause d'elle que Noah avait rompu avec moi.

Devenir copine avec l'ex de son mec, c'est fou un truc pareil, non ? Pourtant, ses questions, son air sincère, ses anecdotes sur sa coloc, j'avoue que ça devient dur de continuer à la détester… je finis même par me détester d'être obligée de détester une fille aussi sympa.

June annonce le début du repas. Noah s'approche et touche le coude d'Amanda. Son geste me pétrifie.

— À table, lui dit-il. Viens, c'est par là.

Il n'a pas un regard pour moi. Ni même un bonjour. J'espère que c'est la honte d'avoir ramené sa copine ici qui l'étrangle.

— Allô la Terre, Shella ? Qu'est-ce qui se passe ?

— Quoi ?

— Entre toi et Amanda ? Tu devais la bouffer toute crue et, finalement, je te vois rire avec elle !

— Elle a plutôt l'air sympa. Elle m'a posé plein de questions, j'ai répondu. C'est dur de ne pas s'entendre avec elle. C'est comme son accent, il est irrésistible.

Lee me regarde avec des yeux dubitatifs, puis éclate de rire.

— Pas de catch à table ! Dommage !

J'ai peut-être perdu Noah, mais j'aurai toujours Lee.

CHAPITRE 21

La table de June est superbe, immense, très joliment décorée avec des arrangements de fleurs et de fruits dorés, peints par Liam et Brad. Lee m'a dit que sa mère avait prévu un plan de table, parce que nous sommes nombreux cette année. Comme prévu, Noah et Amanda sont placés juste en face de nous. Je me retiens de plonger sous la nappe pour vérifier s'ils ne se font pas du genou.

Lee me presse la main. *Courage, Ella.*

Les plats circulent, les conversations vont bon train. Je fais un effort surhumain pour ne pas regarder Noah, ce qui n'est pas facile. Je suis un peu aidée par le bombardement de questions des adultes, tous très curieux. Noah et Amanda sont interrogés sur leurs études à Harvard, Lee et moi, sur nos dossiers universitaires.

L'oncle Colin s'intéresse particulièrement aux loisirs d'Amanda, qui répond avec complaisance à tout ce qu'on lui demande.

— J'adore les chevaux. J'ai toujours fait beaucoup d'équitation, c'est ce qui me manque le plus à Harvard. Après mes études, je compte vivre quelques années en ville et, après, m'installer à la campagne. J'ai toujours pensé que c'était plus épanouissant.

Bon Dieu, cette fille parfaite qui se prépare une vie parfaite.

— Miss Bon-chic-bon-genre et sans défaut, n'est-ce pas ? me chuchote Lee à l'oreille. Je te signale que Noah te mate comme un fou.

— Je sais. Mais je ne veux pas le voir, même en peinture.

— Pourquoi ?

— Il n'a même pas été capable de me dire bonjour.

— Il a vraiment l'air triste.

Triste ? Triste à cause de quoi ? C'est lui qui nous a collés dans cette situation merdique. Hors de question que je m'apitoie, il l'a mérité. J'essaye surtout de rester zen quand la main d'Amanda vient se poser sur le bras de Noah, ou quand elle rit en disant : « Noah, tu te souviens de telle ou telle histoire ? » Ils ont l'air si proches l'un de l'autre, si complices… ça me coupe l'appétit.

Je réalise au milieu des conversations qui fusent que Noah est en train de me parler pour la première fois depuis qu'on a rompu.

— Alors, euh… comment va Levi ? Lee m'a dit que vous étiez toujours ensemble.

Lee a parlé de moi à son frère ? C'est quoi ça ? Noah, qui est incapable de me dire bonjour, s'intéresse à Levi ? Et pourquoi s'intéresse-t-il à Levi alors qu'il est venu avec sa nouvelle copine ? Je regarde Noah droit dans les yeux. Bon Dieu ce qu'il est beau.

— Oui. Il va bien.

Je ne sais pas quoi ajouter. De toute façon, il cherche quoi ? À savoir si Levi est davantage qu'un simple pote ? Par chance, Amanda brise nos secondes « chiens de faïence » archi bizarres :

— Levi, qui arrive de Detroit, c'est ça ? Noah l'appelle jamais que par des surnoms ! C'est le garçon qui a emménagé en face de chez Carl ?

— Cam, je rectifie. Levi ne connaissait personne à la rentrée. C'est dur de déménager entre la première et la terminale. Comme Lee est toujours avec Rachel, on se tient compagnie pendant les baby-sittings. Il a une petite sœur du même âge que Brad.

Je n'en reviens pas que ce soit plus facile d'échanger avec Amanda plutôt qu'avec Noah.

— C'est sympa pour les petits frère et sœur d'avoir deux baby-sitters pour le prix d'un ! s'amuse Amanda.

— Levi était aussi mon cavalier à la soirée Sadie Hawkins du lycée. Il est vraiment cool.

Je ne sais pas pourquoi j'ajoute ça… pour enfoncer Noah sûrement.

— C'est lui qui t'a accompagnée ? articule alors Noah.

Tiens, il réagit. Je continue de la jouer naturelle, comme si son semblant d'intérêt ne m'atteignait absolument pas (alors que c'est tout l'inverse : je suis si-dé-rée).

— Oui, il n'avait personne, moi non plus, alors je le lui ai proposé.

Noah me fixe, sourcils froncés, front plissé. Je vois sa pomme d'Adam tressauter. Une fois encore, c'est Amanda qui relance la conversation :

— Raconte, Ella ! J'adorais les soirées à thème du lycée. Je passais des heures à me pomponner avec ma copine !

Et elle continue son bavardage, encore et encore. Je finis même par penser qu'elle le fait exprès pour apaiser la tension entre Noah et moi. Je croise son regard et j'ai soudain envie de pleurer. Lee s'en rend compte et me serre la main.

Noah et moi, c'est terminé.

J'ai tourné la page.

Je me force à sourire, j'évite les yeux de Noah, et je commence à raconter les détails de la fête Sadie Hawkins, la musique, les robes les plus meringues, ma tenue, les danses...

Après le repas, j'aide à débarrasser la table et à essuyer la vaisselle. Lee me demande si je vais bien. Je le rassure, tout est OK. Il en profite pour sortir jouer au foot avec Brad et Liam. Amanda attrape son torchon.

— À mon tour d'aider !

— Non, tu es notre invitée, lui dit June.

— S'il vous plaît, j'en ai envie ! répond-elle gaiement. Votre repas était délicieux, il faudra me donner vos recettes.

Cette fille est adorable, toujours de bonne humeur, vraiment parfaite. Quand il n'y a plus qu'elle et moi dans la cuisine, je lui pose la question qui me brûle les lèvres depuis un moment :

— Il n'y avait pas de Thanksgiving chez toi ?

Au lieu de la réponse que j'imaginais – « Noah tenait absolument à ce que je rencontre sa famille » –, Amanda m'explique que ses parents sont partis en voyage maintenant que sa sœur et elle ont quitté le domicile familial. Noah lui a proposé de venir « pour voir un vrai Thanksgiving ». Je lui demanderais bien si elle est ici en tant que copine officielle de Noah, mais je n'ose pas. Je me contente de l'interroger sur sa sœur.

— Elle passe Thanksgiving dans la famille de son fiancé.

— Ta sœur est fiancée ? Mais elle a quel âge ?

— Vingt-cinq ans. Ils sont ensemble depuis le lycée. C'est trop mignon !

— Oui !

— Un peu comme toi et Noah. Tu l'aimes toujours ?

Bon Dieu, comment peut-elle me poser une question aussi personnelle ? Ce n'est pas juste.

— Je n'ai pas envie d'en parler.

Puis, je jette mon torchon et sors de la cuisine. Amanda m'appelle, mais je ne me retourne pas. Manque de chance, je fonce dans Noah qui passait la porte du salon au même moment. Il m'attrape le bras, je le repousse violemment, comme s'il avait provoqué un électrochoc en moi. Ce qui est presque le cas. Cela me fait aussitôt penser à Levi, avec qui, justement, il n'y a aucune étincelle.

— Quoi ?

— Ella, j'ai juste…

— Juste quoi ?

Noah détourne les yeux. OK, on est mal barrés.

— Tu devrais aller les aider au foot, fiston, suggère Matthew que je n'avais pas vu arriver.

Encore un dernier regard bleu électrique et Noah sort en grommelant. Tout ce qui vient de se passer est hyper bizarre.

— J'espère que ça finira par s'arranger, murmure Matthew, gêné.

— Oui… enfin, non, c'est terminé.

Je rougis jusqu'aux oreilles. Oh là là, quelle journée. Amanda est toujours dans la cuisine, j'entends son rire. Décidément, j'ai eu ma dose de Thanksgiving. J'enfile mes bottes et sors dans le jardin pour appeler Levi.

— Allô, Ella ? C'est déjà fini ?

— Tu me rejoindrais au parc ? J'ai besoin de m'aérer la tête.

— Pas de problème. Donne-moi quinze minutes.

En retournant chercher mon manteau, je croise Lee, qui me demande ce qui se passe. Zut, je l'avais oublié lui.

— Je vais prendre l'air.

— Seule ?

— Oui.

Lee lève les yeux au ciel.

— Shella… je te connais, ne mens pas, je…

— J'en peux plus, je croyais que j'y arriverais, je vais retrouver Levi. Désolée… va voir
Rachel, OK ?

Et je pars en courant.

— Shella ! Reviens !

CHAPITRE 22

Comme le parc n'est qu'à cinq minutes en voiture, je fais un détour pour décompresser, musique à fond. Je chante comme une casserole mais ça m'aide à évacuer les frères Flynn.

Quand je coupe le moteur et que tout s'arrête, la réalité revient au galop. Suis-je en colère contre Noah ou malheureuse à cause de lui ? Aurais-je dû étrangler Amanda pour sa question si indiscrète ou me tordre le cou parce que, à l'évidence, je suis toujours amoureuse ?

Je veux tourner la page. Pourquoi est-ce si difficile ?

Et Lee... Je n'avais vraiment pas envie de le mettre au milieu de cette mélasse, mais ce n'est pas sur son épaule que je voulais m'épancher. Pourquoi lui ai-je menti ? Ce n'était pas l'affaire du siècle d'avoir appelé Levi en renfort plutôt que mon ami.

J'aperçois Levi, je le rejoins.

— Joyeux Thanksgiving, Ella !

— Merci, toi aussi. Tes parents doivent me détester de t'avoir fait sortir, mais j'avais vraiment besoin d'un ami.

— T'inquiète, il n'y avait que nous quatre, le repas était fini, mon père faisait la sieste et ma mère regardait *La La Land* pour la centième fois ! On se promène ?

Les allées du parc sont quasi désertes, mis à part un vieux couple assis sur un banc, en train de jeter du pain aux pigeons.

— Tu m'expliques ? finit par demander Levi.

— Oui... mais pas tout de suite.

Levi me tend la main, je la prends. On ne s'est jamais tenus par la main avant, mais c'est plutôt... agréable, même s'il n'y a pas eu de décharge électrique. Notre balade nous amène à l'espace de jeux, où je m'installe sur une balançoire. Levi attend patiemment. Je me décide enfin à raconter mes dernières heures, Amanda la fille parfaite, sa question qui était un coup de poing dans le ventre, et Noah.

— Et donc ?

— Quoi ?

— Tu aimes toujours Noah ?

— Tu te rends compte qu'il ne m'a même pas dit bonjour.

— Ella, pose-toi les bonnes questions : tu es certaine qu'il sort avec Amanda ?

— Hein ? Bah… oui, forcément.

Toutes les apparences le prouvent. La première photo sur Facebook, le coup de fil secret, les fêtes à répétition, leur complicité, l'invitation à Thanksgiving, la question pour vérifier mes sentiments.

Pourtant…

Pas de changement de statut sur Facebook. Pas de présentation formelle d'Amanda comme étant sa copine attitrée. Aucune étreinte, encore moins de baiser. Pas de regard enamouré. Je commence à me demander si je ne me suis pas convaincue toute seule. Et s'ils n'étaient pas ensemble ? Non, il y a forcément quelque chose, sinon… sinon, c'est que…

— On peut changer de sujet, propose Levi. Tu as fini le devoir d'histoire ? Tu penses quoi du dernier épisode de *Game of Thrones* ? Tu vas…

— Levi !

Mue par un élan débile, puéril, crétin, je saute de la balançoire, je l'attrape par le col de son manteau et… l'embrasse.

Oui, je l'embrasse. Moi qui n'ai jamais embrassé que Noah. (L'accident de l'été dernier avec Lee ne compte pas.) Je me concentre sur ce baiser, alors que mes pensées sont toutes centrées sur Noah. Levi est d'abord hésitant, puis il s'enhardit, s'applique. Je suis en train de faire une méga connerie, c'est injuste pour Levi. Je sais qu'il m'aime plus que je ne l'aime, mais malgré cela, je continue de l'embrasser. Je suis horrible. Je l'embrasse plus fort. Je ne pense qu'à l'instant présent, qui n'est pas désagréable même si c'est différent de Noah. Je dois oublier ce mec, du coup je redouble d'ardeur avec Levi. Pourquoi ne pas remplacer Noah par Levi ?

Je me dégoûte.

Finalement, je repousse Levi qui a l'air à la fois heureux et confus. Alors que je m'apprête à lui présenter mes excuses, j'entends claquer la grille d'entrée, comme si quelqu'un la poussait avec colère. Il commence à faire sombre sous les arbres, mais je reconnais cette silhouette qui s'éloigne à grands pas.

Noah m'a suivie, ou Lee lui a dit où j'étais, et il aura tout vu. Mon estomac se serre, mes lèvres forment son prénom, j'ai l'impression de manquer d'air. On est pourtant séparés, mais c'est comme si je venais de transgresser un interdit, comme si je l'avais trahi, trompé, et la sensation est horrible. Le pauvre Levi a l'air tout chamboulé, je n'aurais jamais dû le retrouver au parc.

— Je suis désolée, Levi, je n'aurais pas dû... Je n'ai rien contre toi, mais... pardon, j'ai tout gâché.

— Non, c'est aussi ma faute.

— Je t'aime bien, tu comprends, mais... pas comme ça. On essaye d'oublier ?

Levi sourit, pourtant je vois bien que je l'ai blessé en cisaillant ses espoirs.

— On oublie.

— C'est à cause d'Amanda, tout ça, j'avais la tête à l'envers. Pardon. Je suis vraiment désolée.

— Arrête, c'est bon.

— Non, ça ne l'est pas.

— C'est vrai, mais je ne t'en veux pas. On fait parfois des conneries dans la vie. Et puis, j'aurais dû le voir venir, tu arrivais de chez ton ex.

— Tu es trop gentil.

On reste encore quelques minutes sur les balançoires pour regarder le ciel virer au rose et les ombres qui s'allongent.

— Je vais y aller, Ella. Ça ira pour toi ?

— Oui. Merci d'être venu, Levi. Et encore pardon.

— Je te raccompagne à ta voiture.

Cette fois-ci, on ne se tient pas par la main. C'était une bêtise d'accepter, je m'en rends compte.

— Tu peux me rappeler quand même si c'est trop dur, dit encore Levi au moment de se quitter.

— Merci. De toute façon, je rentre chez moi. Noah, Amanda, la famille, j'ai eu ma dose.

Je me demande quand même pourquoi Noah est venu au parc. Voulait-il me parler ? S'excuser ? *Stop, ça suffit.* Dans quelques mois, je rirai d'avoir été aussi fleur bleue.

Je démarre et remets la musique à fond. Une fois rentrée, je téléphone à papa qui a laissé des messages sur mon portable.

— Shella, tu m'as fait peur. Tout va bien ?

— Oui, je suis à la maison.

— Tu ne reviens pas chez Matthew et June ?

— J'ai un peu mal au ventre, je préfère me coucher.

— Il s'est passé quelque chose avec… qui tu sais ? me demande-t-il à voix basse.

— Voldemort n'a rien à voir là-dedans ! Tu remercieras June pour son repas, c'était délicieux.

Moins de cinq minutes après avoir raccroché, je reçois un texto de Lee.

Menteuse, t'as eu tes ragnagnas la semaine dernière.

Puis un autre : *Noah tire une gueule d'enfer, tu lui as volé dans les plumes ou quoi ?*

Encore un : *Le pôv'chou voulait s'excuser parce que tu es partie à cause de lui.*

Et encore : *Réponds-moi, bouffonne.*

S'il te plaît, Shella, écris-moi.

Ton jumeau attend.

Quand les textos s'arrêtent enfin, je lâche mon téléphone pour me démaquiller et enfiler mon pyjama. J'ai la migraine à force de me poser un tas de questions. Je prends un cachet d'aspirine et me glisse sous la couette.

J'entends papa se garer. Cinq minutes plus tard, il entre dans ma chambre.

— Ça va, poulette ? Je sais que c'était une journée difficile pour toi, mais…

— Je peux dormir, s'il te plaît ?

— Tu sais que tu peux tout me dire, ma fille, je suis ton…

— ... père, je sais ! Papa, je m'en fiche de Noah et de sa super nouvelle copine parfaite. J'ai sommeil.

— OK, soupire papa. Au cas où ça t'intéresserait, le couple parfait repart dimanche, et Noah aimerait te parler avant. Il avait vraiment l'air d'y tenir.

— Plus tant que ça, à mon avis, je marmonne.

— Tu veux un chocolat chaud ? J'en prépare un pour ton frère.

— Non, merci, papa. Je dors.

— Bonne nuit, ma chérie.

Il éteint la lumière. Mon portable vibre sur la table de chevet. Lee est décidément hyper pot de colle.

On peut se voir demain ? Je voudrais te parler.

Noah. Je fixe l'écran comme une abrutie tellement je suis sonnée.

Je me tourne et me retourne dans mon lit jusqu'à minuit passé. Quelle journée pourrie.

CHAPITRE 23

Par je ne sais quel miracle, je parviens à éviter Lee et Noah toute la journée du lendemain. Mon portable reste éteint, je passe des heures sur Internet parce que c'est Black Friday et qu'il y a des soldes d'enfer, je regarde un film avec papa et Brad, j'aide mon frère à finir ses devoirs. Quand on veut, on peut !

Mais quand je rallume mon portable, une rafale de textos arrive : un de Levi qui me demande si je vais mieux, trois de Lee qui me demande si je boude, un de Rachel qui me supplie de répondre à Lee parce qu'il est enragé, un de Noah qui insiste pour me voir avant de reprendre l'avion.

Je réponds d'abord à Lee pour m'excuser et lui dire que j'avais besoin de respirer aujourd'hui. Ensuite à Rachel pour lui dire que Lee devrait se calmer maintenant que je lui avais répondu. Ensuite à Levi, avec de nou-velles excuses et des remerciements pour se soucier autant de moi.

Et rien à Noah. Je n'ai pas envie d'échanger avec lui ni de l'entendre. J'ai vraiment besoin qu'il sorte de ma vie le temps que je tourne la page. Tant pis s'il était décidé à se montrer correct avec moi.

Après le dîner (constitué de restes donnés par June, un festin), on retourne devant la télé. En pleine bataille de télécommande pour le choix du film, la sonnette d'entrée retentit. Mon père me lance un regard. On pense tous les deux la même chose : *C'est Noah.*

Papa se lève pour aller ouvrir. Deux minutes plus tard, il m'appelle :

— Ella, c'est pour toi.

Quand j'arrive dans l'entrée, je découvre que ce n'est pas un visiteur, mais une visiteuse.

— Oh... euh, salut, je bégaye en voyant Amanda.

Ses cheveux sont joliment tressés, ses joues sont rosies par le froid, toujours aussi top-modèle. Ça m'énerve.

— Salut, Ella, je suis venue pour discuter... Je peux ? Je vous dérange ?

— Non, non... entre.

Qu'est-ce qu'elle fout là ? Je lui propose de me suivre à la cuisine et lui offre un verre d'eau.

— Ça va peut-être te choquer... je suis venue te parler de Noah.

Tu m'étonnes. Elle n'a que ce mot à la bouche. Je lui fais de l'ombre ou quoi ? J'attends qu'elle dégaine la première.

— Pourquoi tu refuses de lui parler, Ella ?

— Pardon ?

Je ne m'attendais pas du tout à ça.

— Je te rassure tout de suite, ce n'est pas lui qui m'envoie. J'ai pensé que tu accepterais peut-être de me le dire puisque tu ne veux pas le voir. Tu lui manques beaucoup, tu sais. Il se sent très mal pour ce qui s'est passé entre vous, et pour hier aussi.

Je la fixe avec des yeux de poisson, mâchoires ouvertes. Pour une fois, Amanda a l'air moins à l'aise.

— Je n'y comprends rien. Pourquoi toi, tu viens me parler de ça ?

— Pardon, je sais que ce n'est pas mon rôle, mais je me fais du souci pour Noah, il a vraiment le moral dans les chaussettes depuis que...

— Et c'est moi qui devrais l'aider ? Je rêve, merde... Vous êtes pourtant... Non mais franchement.

Amanda avale de travers et ouvre des yeux ronds.

— Non, attends, il ne t'a jamais parlé ? s'exclame-t-elle. Tu n'es pas au courant ?

— Au courant de quoi, bordel ?

— Noah n'est pas mon copain. Pas du tout. Je croyais qu'il avait clarifié cette histoire avec toi. Il m'a dit que tu pensais qu'on sortait ensemble et que c'était à cause de ça que vous aviez rompu.

— Mais... il t'a fait venir pour Thanksgiving.

— Parce qu'il ne voulait pas que je reste toute seule sur le campus... Je comprends mieux pour hier. Ma pauvre, je suis désolée.

— Tu n'y es pour rien, je murmure.

— On est juste amis, lui et moi. On se voit souvent parce que ma meilleure amie sort avec le coloc de Noah et qu'on fait équipe ensemble en labo de chimie, mais je peux te jurer qu'il ne s'est jamais rien passé. Noah est plutôt comme un... petit frère, pour moi. Je craque plutôt sur un mec qui vit au même étage que Noah et Steve… Noah m'aide à l'approcher !

J'ai déjà vu des boxeurs K-O sur le ring, je suis dans le même état. J'entends, je comprends, mais je ne réalise pas. Les mots s'embrouillent dans ma tête.

— Noah est hyper malheureux, Ella. Il a essayé de te rattraper hier après-midi, mais il ne t'a pas trouvée.

— Vous n'êtes pas ensemble ? je bafouille.

— Non.

— Tu n'es pas sa copine ?

— Non. Et ce n'est pas mon genre du tout ! Je suis désolée, je croyais sincèrement que tu étais au courant.

Mon Dieu. Quelle merde j'ai foutue.

— Noah ne m'a pas reparlé depuis qu'on a rompu.

— *Tsss,* ce mec est un dieu du foot, mais dès qu'il s'agit de toi, il perd tous ses moyens et me demande ce qu'il doit faire.

Je respire enfin, comme si Amanda venait de retirer un énorme poids de ma poitrine.

— Alors ? Tu lui parleras ?

— Euh…

J'hésite. D'accord, ils ne sortent pas ensemble, mais ça n'explique pas le comportement de

Noah durant ces dernières semaines et son manque d'égards. S'il n'y avait rien avec Amanda, de quoi se cachait-il ? Lui parler ne m'aidera pas.

— Je ne sais pas… c'est compliqué.

— Je comprends. Je lui dirai d'attendre que tu sois prête, d'accord ?

— Oui, merci.

— Je suis vraiment désolée, Ella.

— Pourquoi ?

— Je suis un peu responsable de vos problèmes : Noah m'a parlé de la photo. Et désolée, parce que, si j'avais réagi plus vite, tu aurais passé un meilleur Thanksgiving. Ça devait être horrible de penser être en face de la copine de Noah.

— Pire que tout ! Merci, Amanda.

Je la raccompagne à la porte et la remercie une dernière fois. Elle me serre dans ses bras et me souhaite bonne chance. Quand je retourne au salon, papa me lance un regard inquiet, et Brad demande :

— C'est la nouvelle copine de Noah ?

— Non, justement.

Papa lève les sourcils, mais ne dit toujours rien. Brad s'en charge :

— Tu vas redevenir sa copine alors ?

— Non... je ne sais pas.

— Tu vas parler à Noah ? demande papa.

— Je n'en sais rien !

— Pas de décision stupide, s'il te plaît. Je ne tiens pas à te ramasser à la petite cuillère.

CHAPITRE 24

Les achats de Noël ont commencé, il y a un monde fou au centre commercial où je dois retrouver Lee pour un verre. Il n'est toujours pas au courant de ma bêtise avec Levi, mais il sait ce qu'Amanda est venue me dire à la maison.

— Donc, mon frère n'est pas un salaud, on a été injustes avec lui.

— Ce crétin aurait pu m'en parler, non ?

— Il te l'avait dit, reconnais-le !

La moutarde me monte au nez. Le petit frère défend le grand, c'est le pompon.

— Puisque tu le comprends si bien, tu m'expliques pourquoi il a ramené sa copine ?

— OK, OK, j'avoue que moi aussi, je croyais qu'ils étaient ensemble. Mes parents aussi d'ailleurs.

La serveuse apporte nos boissons.

— Au fait, Lee, c'est toi qui as dit à Noah que j'allais au parc ?

— Il m'a demandé où tu allais quand il a entendu ta voiture. J'ai répondu que tu te rendais au parc et que tu partais à cause de lui. Il avait une sale tronche en revenant.

— On ne s'est pas parlé.

— Il s'est battu avec Levi ?

— Jure-moi que tu ne vas pas hurler de rire.

— Je le jure !

Il commence par exploser de rire, puis se calme.

— Je t'écoute !

Je lui raconte mon aventure malheureuse. Lee se retient, boit son Coca à petites gorgées, manque de s'étrangler, mais évite de rire !

— Je sais, c'était crétin, mais c'est du passé.

— Levi Monroe !

— Arrête, bouffon, tu as juré. Et arrête de l'appeler « Levi Monroe ». Levi, c'est suffisant.

— C'était bien au moins ?

— Je refuse de répondre à cette question trop conne.

— Tu l'aimes ?

Je lui décoche un coup de pied sous la table.

— Noah a tout vu. Tu comprends mieux pourquoi il n'était pas de bonne humeur en rentrant.

— Tu m'étonnes ! Shella, parfois, t'es vraiment... qu'une nana !

— Merci du compliment.

La serveuse arrive avec nos desserts. Tant mieux, ça calmera Lee. Il mange en répétant toutes les cinq minutes : « Je n'en reviens pas, Levi Monroe ! »

— Quand les autres vont savoir ça !

— Tu as juré, bouffon.

— Je dis toujours tout à Rachel !

— Ah ouais ? Je connais quelques trucs qui la feraient bien rire, comme le jour où tu as...

— C'est bon, je dirai rien.

Hihihi, gagné !

Lee me raccompagne à la maison sans s'arrêter chez lui, pour m'éviter de tomber sur Noah. Je n'ai pas encore décidé de la suite. J'aime toujours Noah, du coup, c'est la double torture : retomber dans ses bras ou ne plus jamais le revoir avant d'avoir tourné la page... sauf que je fais comment si je n'y arrive pas ? Est-ce que ce ne serait pas plus facile de le laisser s'expliquer ? Mais dans ce cas, ne souffrirais-je pas davantage ? J'ai les neurones qui surchauffent. Je me connais, je suis capable d'y penser H24 pendant des semaines.

Mon portable affiche deux appels en absence et un texto de Noah : *Tu ne veux pas me parler maintenant, OK, mais dis-moi quand stp.*

— Tu pourrais l'appeler, ça ne mange pas de pain ? suggère Lee. Ou au moins, lui envoyer un texto, c'est plus clean.

Quand je me couche, je ne sais toujours pas ce que je veux, alors forcément, je n'arrive pas à dormir.

J'irai le voir avant son départ.

Je lui écrirai que c'est mieux qu'on ne se voie pas.

Je déciderai demain matin.

Je lui téléphonerai quand il sera rentré à Harvard.

Non, je lui écrirai plutôt dans quelques jours.

Je…

Ploc. Quelque chose a cogné mon carreau. Je me redresse en tendant l'oreille. *Ploc.* Encore, puis ça rebondit sur la gouttière. *Ploc*, une troisième fois. Je me lève, j'écarte les rideaux pour regarder dehors. Quelqu'un se tient sous le lampadaire. J'ai un mini arrêt cardiaque en reconnaissant qui. J'ouvre la fenêtre, Noah vient se placer juste en dessous.

— T'es fou ? Il est deux heures du mat'.

— Je sais.

— Tu veux quoi ?

— Te parler, Ella ! Mon avion part demain midi. C'est maintenant ou jamais.

J'enfile un survêtement par-dessus mon pyjama, j'attrape un manteau avant de sortir sur le perron.

— T'as deux minutes, Noah Flynn.

— Merci !

Il tient un sachet de bonbons ouvert. Voilà ce qu'il balançait contre ma fenêtre. Lui aussi est en pyjama et sans chaussettes. Je recule, je n'ai plus l'habitude de sa grande taille, sa stature m'impressionne. Je compte jusqu'à dix.

— Alors ?

— Pas génial, Thanksgiving...

— La faute à qui ? Je ne t'ai jamais demandé de me suivre.

— Je voulais m'excuser. Lee disait que j'avais peut-être encore une chance... mais bon, apparemment il s'est gouré.

— On n'est plus ensemble, j'embrasse qui je veux. Pareil pour toi. Tu es bien venu avec Amanda, non ?

Noah soupire, puis laboure ses cheveux d'une main nerveuse.

— Je croyais que tu ne voulais plus que j'appelle.

Bien sûr que si, j'en crevais d'envie, je voulais t'entendre me dire que je te manquais, que tu m'aimais, que j'avais fait une énorme connerie la dernière fois que tu es venu.

Mais au lieu de ces belles paroles, voilà ce qui sort de ma bouche :

— Si tu m'as suivie au parc pour parler, pourquoi tu es reparti avant ?

— Putain, je croyais que vous étiez juste amis ! Tu disais que ce mec ne t'intéressait pas ! Lee répétait la même chose, même après la photo dans le Kissing Booth. Faut croire que tu aimes bien mentir à Lee à propos des mecs qui sortent avec toi.

Je serre les mâchoires, j'inspire profondément, pour calmer mon tremblement.

— Tu n'as pas le droit de me dire ça. Ce ne sont pas tes oignons, mais puisque tu veux savoir : non, je ne suis pas avec Levi. J'avais juste besoin de parler à un ami, et pour une fois, pas à Lee. Oui, j'ai embrassé Levi, c'était nul, mais c'est comme ça. Fin de l'histoire. Et toi avec Amanda ? Pourquoi tu ne m'as jamais dit que tu l'amenais ici ? Surtout *elle*.

— Tu n'es pas avec Levi ?

— Non.

— J'avais besoin d'en être sûr… Tu te rends compte que je vous ai vus en train de vous rouler une pelle ?

— Et toi ? Tu te rends compte que j'ai vu des tonnes de photos de toi avec Amanda ? Merde, pourquoi tu ne m'as jamais dit que tu n'étais pas avec elle ?

— Je voulais te rendre jalouse !

Oh. Sa réponse me cloue le bec.

— Je ne pensais pas qu'avoir une amie fille quand on est un mec était un problème, Ella. J'ai cru que tu rompais à cause d'un mec… Chaque fois que Lee parlait de toi, il parlait de Levi. Levi par-ci, Levi par-là. Tu m'avais remplacé, alors j'ai voulu te faire croire que moi aussi, je t'avais remplacée. Pour te rendre jalouse.

— Bordel, Noah, tu as seulement une idée de ce que j'ai éprouvé quand j'ai appris que tu ramenais cette nana parfaite devant toute la famille ?

— Je sais, c'était con. Amanda m'a fait une scène en rentrant de chez toi.

— Quel gros con. Comment tu as pu croire que je te quittais pour Levi ?

— Tu l'as embrassé.

— Parce que j'essayais de t'oublier et que ça ne marchait pas ! J'ai regretté deux secondes plus tard. Je ne t'ai jamais remplacé, Noah. On s'est quittés parce qu'on ne se faisait pas confiance.

— J'ai confiance en toi, Ella ! s'exclame-t-il en m'attrapant les mains. Je n'ai jamais douté de toi… je n'avais pas confiance en moi. J'ai toujours cru que je n'étais pas assez bien pour toi et que tu finirais par t'en rendre compte quand un autre mec s'intéresserait à toi. Je t'aimais comme un fou, Ella… je t'aime toujours comme un fou.

Les larmes me piquent les yeux.

Il m'aime toujours.

— T'es trop con, Noah Flynn, je murmure en faisant un effort pour ne pas pleurer comme une madeleine. C'était quoi ce coup de fil secret à Amanda ?

Il me lâche les mains, soudain beaucoup moins à l'aise. J'ai même l'impression que ses yeux sont brouillés de larmes.

— Noah ?

Il sursaute quand je lui touche le bras.

— Ça n'allait pas en cours. Ni au foot, l'entraîneur voulait me virer de l'équipe. J'étais stressé à cause de mes notes qui n'arrêtaient pas de chuter. Amanda m'a aidé à remonter la pente. On travaillait ensemble à la bibli. J'avais honte, je ne voulais pas que tu le saches, alors je ne pouvais pas t'expliquer pourquoi j'étais tout le temps avec Amanda.

Tout s'éclaire soudain. Je ne comprends même pas pourquoi je n'y ai jamais pensé.

— Si seulement tu m'en avais parlé, Noah.

— Ça aurait été mieux ?

— Bien sûr ! Souviens-toi, tu évitais toujours de répondre à mes questions. Ça me stressait. Je croyais que tu ne m'aimais plus, que tu t'éloignais… Quand tu as refusé de m'expliquer pourquoi tu l'appelais en cachette, j'ai pensé qu'il y avait quelque chose entre vous. Logique.

— Je suis désolé, Shella… je n'aurais jamais dû te cacher tout ça. Moi, j'ai eu tellement peur qu'il y ait un truc avec Levi.

Des larmes roulent sur ses joues. J'approche la main pour les essuyer.

— Tu es trop bête.

Je ne l'embrasse pas, j'attends qu'il prenne l'initiative. Quand il pose enfin ses lèvres sur les miennes, mon corps s'embrase, mes plombs sautent tous en même temps, je fais un court-circuit ! Son baiser est tendre, doux, insistant, ses bras m'enlacent, ses cheveux caressent mon front, sa barbe chatouille mes joues. Je croyais me souvenir de ses baisers, mais non, c'est une nouvelle première fois. Encore plus magique. Et j'avais raison quand je pensais qu'embrasser Noah était mille fois mieux qu'embrasser Levi.

— Je t'aime, murmure-t-il. J'ai merdé, et je n'ai fait qu'empirer les choses.

— Ah ça ! Et moi, j'ai rompu parce que j'avais peur que tu en trouves une autre mille fois mieux.

— Impossible.

Noah se détend. Je ferme les yeux pour mieux respirer son odeur. Elle n'a pas changé. C'est bien mon Noah.

— Au cas où tu n'en serais pas sûr, je t'aime, Noah Flynn.

— Je t'aime, Rochelle Evans… C'est horrible d'être loin de toi, mais tu es la seule que je veux. Si tu trouves que c'est trop dur d'être séparés…

Mon Dieu, Noah me manque à chaque seconde de ma vie, mais je ne m'imagine pas sans lui. J'ai essayé. C'était peut-être la chose à faire, rompre pour se prouver que nous sommes indispensables l'un à l'autre, et qu'on ne perd pas notre temps ensemble, même à distance.

— C'est dur mais on peut y arriver, je réponds avec des étoiles plein les yeux.

CHAPITRE 25

Noah dépose un milliard de baisers sur le bout de mon nez, sur mes lèvres, mon front, mes paupières. Hmm, il sent si bon.

— Je reviens à Noël. Juste un petit mois, ça va passer vite.

Je l'embrasse aussi. On essaye de rattraper tout ce qu'on a manqué ces dernières (horribles) semaines. Comme il faisait froid dehors, on a passé la nuit sur le canapé du salon, à parler, à décider qu'on s'appellerait le plus possible par Skype, à s'embrasser encore jusqu'à tomber endormis dans les bras l'un de l'autre. Je sais, je sens qu'il m'aime, jamais je n'aurais dû en douter.

Mon père nous réveille en descendant préparer le petit déjeuner. Il n'a même pas l'air surpris de trouver Noah à la maison. Comme il est déjà huit heures, Noah doit filer chez lui faire son sac.

Après son départ, je n'échappe pas à une explication en règle sur cette nuit et sur les raisons de notre rupture qui a été si difficile à vivre de part et d'autre. Papa pousse un gros soupir quand j'ai terminé.

— J'aime bien Noah, c'est un garçon intelligent et sensible, tu es amoureuse de lui, mais j'appréciais beaucoup Levi.

— C'est malin de dire ça.

— On ne se refait pas !

— Levi reste mon ami. Rien de plus.

— Pigé. Tu ferais mieux d'aller t'habiller si tu ne veux pas rater Noah.

Dès que je suis prête, on part chez les Flynn. Les adieux ne sont pas aussi dramatiques qu'en septembre dernier, quand Noah partait à Harvard pour la première fois.

Il me serre longuement dans ses bras, je le dévore des yeux pour graver en moi les moindres détails de son visage. Il a rasé sa barbe, ses joues sont lisses et chaudes sous mes paumes. Amanda nous rejoint près de la voiture.

— Hello, les amoureux ! Je suis trop contente de vous voir ensemble ! Et merci, Ella,

Noah sera enfin plus agréable, il tirait toujours la tronche.

Je ris. Ce matin, tout me fait rire.

— Désolée d'avoir été un peu mégère avec toi, Amanda.

— Rassure-toi, j'aurais été pareille ! C'était super de faire ta connaissance.

Matthew sonne le départ. Noah m'embrasse une dernière fois.

— Je t'appelle dès que j'arrive.

— Oui !

— Je reviens bientôt.

— Peut-être que je pourrais aussi venir te voir après Noël ?

— Peut-être que tu pourrais aussi regarder les universités de Boston ?

Je me hisse sur la pointe des pieds pour l'embrasser encore.

— Allez, les amoureux ! L'avion n'attendra pas ! s'exclame Matthew.

Lee se tient près de moi sur le perron, comme en septembre. Cette fois-ci, les adieux sont plus sereins, apaisés, car Noah et moi savons où nous mettons les pieds, comment appréhender notre relation à distance, et, surtout, nous sommes résolus à la faire fonctionner.

— Je n'en reviens toujours pas que tu aies embrassé Levi, marmonne ce monstre de Lee, un grand sourire aux lèvres.

Lundi matin, quand je retrouve Levi au lycée, il ne fait aucune allusion au baiser. Au contraire.

— J'ai vu que ton statut avait changé. Raconte ! me dit-il avec un clin d'œil malicieux.

Et c'est reparti pour mon histoire de Roméo en pyjama sous mes fenêtres.

— Je suis très content pour vous deux, conclut-il.

Mon changement de statut fait la une du jour, je ne compte pas le nombre de fois où je raconte mon histoire. Les filles du lycée me tombent dessus les unes après les autres. À l'heure du déjeuner, je retrouve ma bande de potes à notre table. Dixon sourit non-stop, ça devient énervant. Apparemment, je ne suis pas la seule à revenir de week-end avec une bonne nouvelle.

— Arrête, Dixon, tu vas te coincer les mâchoires ! Qu'est-ce que tu as ? je demande.

Il vire au rouge écarlate.

— Dixon ? Tu nous caches un scoop, raconte !

— Euh… pas grand-chose, c'est juste que…

— À ce train-là, on va y passer la nuit, ironise Warren.

— Danny et moi, c'est officiel, on est ensemble !

— Ooooooh ! je m'exclame.

— Félicitations ! lui dit Rachel.

Warren et Oliver entonnent un duo d'amour. On les oblige à se taire : ils braillent comme des gorets !

— Vu qu'on est dans le quart d'heure des bonnes nouvelles, je vous annonce que j'ai enfin envoyé mes dossiers d'inscription, lance Cam.

Les garçons lui tapent dans le dos, les filles hurlent des youyous ! Notre table est vraiment la plus animée de toute la cantine. Rachel profite de ce raffut pour m'interroger discrètement :

— Alors, toi et Noah ?

— C'est reparti !

— J'ai toujours pensé que ça recommencerait.

— Tu aurais pu me le dire plus tôt !

— Et pour l'an prochain, vous ferez comment ?

— On verra. Je suis sûre qu'on trouvera une solution.

Rachel s'inquiète pour sa propre relation, je lis son angoisse dans le regard qu'elle lance à Lee. Elle se lève soudain et se dirige vers les toilettes, au bord des larmes. Je la suis.

— Pardon, c'est bête, bafouille-t-elle. J'ai peur que Lee ne s'accroche pas à moi autant que Noah à toi. Loin des yeux loin du cœur, tu le sais bien. Il va rencontrer plein de nouvelles filles et je...

— Rachel, arrête de pleurer. Lee tient à toi, je le sais. Fais-lui confiance.

— Mais il aime tellement sortir, faire la fête, tout ce que je déteste et...

— Peut-être, mais il t'aime telle que tu es. Je ne l'ai jamais vu aussi accroché avant toi.

Rachel se tamponne les yeux, on bavarde encore un peu, puis on retourne à la cafétéria.

— Ella, tu ne lui diras rien, n'est-ce pas ?

— Juré, craché !

Dernier jeudi avant les vacances de Noël, je passe la soirée avec Levi et sa petite sœur. (Ma bêtise n'est jamais remontée à la surface, nos relations sont restées normales.) On prépare les cookies que Rebecca doit apporter pour la vente de l'école, mais comme elle n'arrête pas d'en chiper, on est obligés de refaire plusieurs fournées.

— Hum, ça sent bon ! fait une voix dans l'entrée.

C'est M. Monroe qui rentre de l'hôpital. Sa santé s'était dégradée à la Toussaint, il va mieux à présent. Rebecca saute de son tabouret pour l'accueillir.

— Hello, ma pâtissière, tu as des babines de chocolat ! Bonjour, fiston. Ella, quelle bonne surprise !

— Je lui apprends à tourner la pâte ! dit crânement Rebecca à son père, qui éclate de rire.

— C'est vrai, papa, Ella est une bille en cuisine ! ajoute Levi.

M. Monroe goûte un cookie.

— Un régal. Vous auriez le courage de m'en faire quelques-uns pour le groupe de soutien ? Ça remonte le moral des troupes, paraît-il.

— Bien sûr.

Un peu plus tard, quand on joue à la console dans la chambre de Levi, je lui pose une question qui me brûle les lèvres :

— Tu n'as toujours rien dit aux autres pour ton père ?

— Non, pourquoi ? répond-il un peu sèchement.

— Je suis sûre qu'ils comprendraient. Souviens-toi quand Dixon a annoncé qu'il était gay et, après, qu'il avait un copain, ça n'a rien changé.

— Mon père va mieux, ce sera bientôt plus la peine d'en parler.

Je n'insiste pas. On continue notre partie, mais Levi a la tête ailleurs, je le sens. Il jette les manettes cinq minutes plus tard.

— OK, j'ai du mal à en parler. Alors moins on me demande comment va mon père, mieux je me porte. Je suis déjà passé par là avec les copains de mon ancien lycée.

— Tu fais comme tu veux, Levi. Tu sais que je suis là et que je peux t'écouter si tu as besoin de parler.

On enterre le sujet.

Le lendemain, Levi raconte à la bande que son père est atteint d'un cancer. Et comme je l'avais prévu, personne ne change d'attitude à son égard. Au contraire, tous lui disent que s'il veut prendre un verre, manger une pizza, taper dans un ballon de foot, il y aura toujours quelqu'un pour lui.

— Tu vois ! Je l'avais prédit, je lui glisse à l'oreille.

— Si seulement tu pouvais prédire l'exam de SVT, ce serait génial, Ella.

— Révise la mitochondrie, mon enfant !

— Ah ouais ?

On éclate de rire. Peut-être qu'il aurait pu être mon genre de mec, si Noah ne s'était pas montré aussi acharné à se réconcilier avec moi et si Thanksgiving avait tourné autrement. Je serais peut-être avec Levi, mais ça n'aurait pas duré longtemps. J'ai besoin de passion, d'étincelles, il n'y a rien de tout ça chez Levi. On est amis, c'est très bien.

Mon moral est au beau fixe. Même avec les examens qui planent comme des épées de Damoclès au-dessus de nos têtes et l'attente angoissante des réponses des universités à nos candidatures, j'ai un bon pressentiment pour les mois à venir.

J'ai déjà touché le fond, je ne peux que remonter.

ÉPILOGUE

Le soleil est éclatant. Des oiseaux chantent. Le ciel est aussi bleu que ses yeux, il n'y a pas un seul nuage en vue. Je me sens légère comme une plume, ce n'était pas arrivé depuis des mois.

Bras dessus bras dessous, Lee et moi bondissons comme des cabris déchaînés. Je me cogne la tête sur son menton, ça fait mal mais je m'en fiche. C'est le grand délire. Autour de nous, ça crie, ça chante, ça parle à tue-tête.

— On l'a eu ! hurle Cam encore plus fort que les autres.

Et il se jette sur nous.

— Fini le lycée ! Bonjour l'université !

— On va à l'uni-ver-si-té !

— À nous l'uni ! crie Lee.

— À nous l'uni ! j'ajoute en écho.

Un vrai concert de cris et de hurlements à toutes les fréquences ! Lee tourne comme une toupie en me portant à bout de bras. Au secours, je vais vomir !

— Vive les études ! Vive les vacances !

— Ouais !

— Ça va être grandiose, Shella !

— Sauf si je récupère une coloc qui te ressemble, bouffon !

Les résultats sont tombés, la remise des diplômes en grande pompe a eu lieu, la vie est merveilleuse. Je sais que j'aurai à bosser dur l'an prochain, mais je n'y pense pas pour l'instant.

Je suis prise à Berkeley, comme Lee. Quand il a reçu la réponse, il pensait renoncer à sa place et accepter une université plus proche de Brown. Mais voilà, il n'a pas été accepté. Moi non plus d'ailleurs, alors que j'espérais être proche de Harvard. Rachel était dévastée, mais je sais que Lee était soulagé, il me l'a avoué après : il aurait eu trop de pression à Brown. Rachel et Lee auront aussi une relation à distance. Si un couple aussi agité que Noah et moi y arrive, ce sera du billard pour eux deux. Ce qui est certain, c'est que tout va changer pour nous, mais je suis contente que les années de lycée soient terminées.

J'aurai encore Lee à mes côtés à la rentrée prochaine.

Et Noah.

Ses bras se glissent autour de ma taille. Il dépose un baiser au creux de mon cou.

— Félicitations, ma belle ! Diplôme en poche. À toi la vie de château !

Les six derniers mois n'ont pas été si faciles. Il n'y a pas eu de nouvelle dispute, mais la distance a pesé sur nous, il m'a horriblement manqué. J'ai du mal à vivre loin de Noah. Il n'a pas pu rentrer aussi souvent qu'on l'avait espéré, et mon père a refusé que j'aille là-bas. Il m'a quand même fait la surprise de rentrer pour la Saint-Valentin, en me rapportant un nounours géant habillé en parfait étudiant de Harvard, avec sweat, casquette et chaussettes !

Mais on a réussi à survivre à cette traversée du désert, et cela en valait la peine. Aujourd'hui est un jour merveilleux, avec l'été devant nous, le soleil qui me chauffe les joues et les lèvres de Noah posées sur les miennes.

— J'ai encore des photos à prendre, lance papa. Noah, s'il te plaît, prête-moi ma fille !

Je lui donne un dernier baiser et rejoins mon père en redressant ma toque. Papa adore que je prenne la pose avec mon diplôme. Quelqu'un le bouscule. *Zut, on va devoir recommencer ! Tiens, c'était Levi.*

— *Oups*, pardon !

— C'est bon. Bravo, Levi, j'en profite pour te féliciter.

— Merci, monsieur.

Levi a promis de venir me voir à Berkeley, « même s'il doit dormir par terre ». Il travaille depuis un mois dans une supérette et n'a toujours pas décidé de son orientation. Sa mère espère qu'il changera d'avis rapidement.

— Monroe, ramène ta fraise pour les photos ! appelle un garçon de l'équipe de base-ball.

Dès que Levi est parti, Noah réapparaît à mes côtés et entrelace ses doigts avec les miens. Deux minutes plus tard, une pichenette fait tomber ma toque. Inutile de chercher le coupable, c'est Lee qui est revenu.

Les frères Flynn discutent au-dessus de ma tête de la soirée prévue pour fêter nos diplômes. Lee a entendu dire qu'il y aurait un stand à bisous. Je les écoute à moitié, je suis sur mon nuage. Devant moi, les familles s'embrassent, les amis prennent des selfies en essayant de caser tout le monde devant l'objectif, les petits frères et sœurs courent entre les jambes de leurs aînés, Dixon discute avec un groupe d'élèves, sans Danny, car ils ont rompu en janvier. Rachel pleure dans les bras de sa mère parce qu'elle ira à Brown bien sûr. Je sais qu'ils ont beaucoup parlé avec Lee et je suis sûre qu'elle s'habituera et apprendra à lui faire confiance.

Et pour Noah et moi ?

Nous avons déjà traversé le pire, nous sommes armés pour la suite. Noah embrasse ma joue gauche, Lee serre mon bras droit, mes deux plus proches amis sont là, tout près de moi.

J'ai tout entendu sur les années de lycée, qu'elles étaient les plus belles ou qu'elles ne l'étaient pas. J'ai décidé que, si elles n'étaient pas les meilleures, les suivantes ne le seraient pas davantage !

REMERCIEMENTS

Merci, les amis, merci à tous nos groupes de chat pour m'avoir soutenue quand je traversais une crise ou quand je vous spammais ma dernière trouvaille parce que je ne pouvais pas encore la poster sur Twitter. Vous savez toujours comment regonfler mon moral. Alors merci à : Lauren et Jen, Katie et Amy, Emily, Jack et Harrison, mon pote de labo (remerciements appuyés pour tous ses mèmes), Ellie et Hannah, sans qui Levi serait resté Kevin.

Le chemin parcouru est fou. Depuis l'idée de la scène de Thanksgiving, aux différentes épreuves éditoriales, au film Netflix qui a reçu un succès incroyable et à tout le reste. Ce livre s'est tellement étoffé, et ma famille est restée un roc. (Surtout quand je jonglais entre deux boulots et des déplacements à travers tout le pays.)

Un grand merci à ma sœur Kat, parce qu'il en faut bien une qui soit calme dans notre famille quand moi je reste scotchée à mon ordinateur et à mon téléphone. Merci d'aimer mes livres et de m'aider à garder les pieds sur terre.

Merci à mes parents, mon oncle et ma tante, et à mon grand-père. (Je suis désolée, c'est parfois par Twitter que tu reçois de mes nouvelles, mais pour ma défense, c'est aussi en général des informations que tu connaissais déjà depuis près d'un an.)

Enfin, merci à vous, chers lecteurs. Que vous ayez découvert l'histoire d'Ella en mai 2018 sur Netflix ou que vous soyez avec elle depuis les premiers chapitres Wattpad de 2011, votre soutien et votre amour m'ont portée. Honnêtement, je ne crois pas que ce deuxième livre aurait été possible sans vous. Honnêtement encore, vous avez changé ma vie.

CE ROMAN VOUS A PLU ?

**Retrouvez tous les titres
Hachette Romans
sur notre site et nos réseaux :**

« Pour l'éditeur, le principe est d'utiliser des papiers composés de fibres naturelles, renouvelables, recyclables et fabriquées à partir de bois issus de forêts qui adoptent un système d'aménagement durable. En outre, l'éditeur attend de ses fournisseurs de papier qu'ils s'inscrivent dans une démarche de certification environnementale reconnue. »

PAPIER À BASE DE FIBRES CERTIFIÉES

hachette s'engage pour l'environnement en réduisant l'empreinte carbone de ses livres. Celle de cet exemplaire est de : 400 g éq. CO_2 Rendez-vous sur www.hachette-durable.fr

Composition et mise en pages : Nord Compo

Achevé d'imprimer en France par le groupe CPI
Dépôt légal 1re publication février 2020
1468638 – ISBN : 978-2-01-711429-1
Édition : 01– Dépôt légal : février 2020
N° d' impression : 3037295

Loi n° 49-956 du 16 juillet 1949
sur les publications destinées à la jeunesse